동거 식물

초판 1쇄 발행 | 2019년 5월 27일

지은이 김은진
발행인 이대식

편집 김화영 나은심 손성원 김자윤
마케팅 배성진 박상준 **관리** 홍필례
디자인 모리스 **표지 일러스트** 최민정

주소 서울시 종로구 평창길 329(우편번호 03003)
문의전화 02-394-1037(편집) 02-394-1047(마케팅)
팩스 02-394-1029
전자우편 saeum98@hanmail.net
블로그 blog.naver.com/saeumpub
페이스북 facebook.com/saeumbooks
인스타그램 instagram.com/saeumbooks

발행처 (주)새움출판사
출판등록 1998년 8월 28일(제10-1633호)

© 김은진, 2019
ISBN 978-11-89271-56-5 03810

동거
식물

김은진 지음

새홍

피아노가
있는 방

그 어느 곳에서든, 잠시만 눈을 감고 공간의 모든 소리를 향해 귀를 열면, 마법 같은 일이 일어납니다.

사람들의 발소리, 삐걱대는 의자, 종이 위에서 사각사각 소리를 내는 연필 소리, 시계의 초침, 주머니의 동전, 반가운 사람들끼리 포옹하는 소리, 옷깃을 여미는 작은 소리, 들이쉬고 내쉬는 더 미세한 소리, 먼 데서 다가오는 인기척, 가까운 데서 머리칼을 쓸어넘기는 소리, 그리고 고요히 앉아 있는 나 자신의 숨소리……

귀를 간지럽히는 작은 소음들은 때론 그 어떤 음악보다 아름답고 편안하게 다가옵니다. 자연의 모든 소리들은 제각기 고유한 자기 울림으로 울 뿐, 그 어느 것 하나 다른 소리를 흉내 내지 않습니다.

홀로, 그러나 자연스럽고 자유롭게. 자신의 모습 그대로를 긍정하며 스스로의 삶에 온전히 몰입하는 것은, 그러나 생각처럼 쉽지만은 않습니다. 나에게 집중하다 보면 금방 자기연민에 빠지고, 타인과 균형을 맞추려다 보니 자꾸 맘에 없는 말과 행동을 보이기도 하지요. 어떻게 하면 온전한 나로 살면서도 타인과 함께 조화로울 수 있을까 고민하던 저는 우연히 창가에 화분을 두고 식물이 자라는 것을 바라보던 중에 많은 것을 새롭게 알게 되었습니다.

흙은 씨앗을 품고, 나무는 새를 품고, 샘물은 사람을 먹이고, 사람은 나직이 노래하는, 평범하고 지루해도 아름다운 것이 자연의 일들입니다. 저는 흙에 뿌리를 내리되 자기 삶에만 집중하는 식물을 바라보며, 더불어 함께 살되 시선을 타인에게 두지 않고 자기 마음에 집중하는 법을 연습하게 되었습니다.

이 글들은 또한 피아노 연주자로서, 무엇이 삶을 이롭게 하는 음악인가를 고민하는 동안 썼던 저의 일기입니다. 그리고 동시에 생업으로서의 일, 사랑과 이별, 고독한 시간, 친구와 동료 이야기 같은 것을 적어본 생활의 기록이기도 하지요. 생활生活, 그러니까 '살아가는 일'이란 건 소중하지만 사실 대단치는 않습니다. 그러나 돌멩이처럼 모래처럼, 풀처럼 들꽃처럼, 흔하고 흔하지만 자세히 들여다볼수록 은근하고 아름다운 것이 우리의 생활이지요.

사각사각, 쉬이이, 똑똑똑, 째깍째깍…… 때로는 화려한 음악보다 평범한 사물과 자연의 고요한 소리들이 더욱 마음을 편안하게 해주기도 합니다. 아무쪼록 제가 여기에 서툰 말로 적어둔 평범한 일상의 풍경들이 누군가의 마음에 부딪혀, 자연과 같이 편안하고 잔잔한 울림이 되기를 바라는 마음입니다.

2019년 5월,
파리에서 김은진

식물의
마음

동거 식물을 찾아서

동거할 대상을 찾는다.

지난 한 계절도 어김없이 사람의 까다로움과 변덕에 시달렸던 지라 사람이 참 싫고 지겹다. 그래도 계절이 바뀔 즈음이면 이상하게 외로워져 내 작은 아파트에 숨 쉬는 다른 존재와 함께 있고 싶은 마음이 찾아든다. 그러면 별수 없이 구하러 나서는 것이다. 숨 쉬고 살아 있으나 나의 마음을 괴롭히지 않는 안전한 생명을, 바로 나의 동거 식물들을.

물론 살을 맞대고 있을 때의 온기는 사람이 아니면 줄 수 없는 것. 만 리 너머에 있는 그리운 이의 안부를 디지털 신호에 담아 거칠게나마 전해주는 스마트폰이 고맙기도 하지만, 네모진 노란 대화창 안에 갇혀 있는 그리운 이의 프로필 사진을 물끄러미 바라볼 때면 도리어 가슴이 더 답답해지곤 한다. '보고 싶다'보다 조금 더 절박한 '닿고 싶다'는 욕구 때문이다.

육체가 닿고 싶다는 욕구는 이기적이다. 교감하고 서로에게 의탁하며 감싸고 덮어주고 책임지는 관계에 지쳤을 때마저도 '닿고 싶다', 더 엄밀히는 '만지고 싶다'는 욕구는 사라지지 않는다. 그럴 때마다 아무리 무심한 동거인에게라도 단 한 마디 원망의 말을 않는 고요한 존재, 식물을 찾게 되는 이 습관마저 참 모질고 이기적이다.

그저 들이쉬고 내쉬는 살아 있는 것의 숨을 느끼고 싶었던 지난 주말, 나는 집 근처 꽃시장에서 어렵사리 한 화분을 골라왔다. 이제 겨우 5월 초입, 나는 앞으로 이 여름을 어떤 식물과 지낼까 생각하며 넓은 꽃시장을 여덟 바퀴는 돌았던 것 같다. 너무 강인해 보이지 않고 오히려 적당히 부실해 보이는 화분, 내가 소홀히 대하면 어느 정도 아플 수도 있을 것 같은 화분, 꽃이 있으면 좋겠지만 꽃이 피지 않더라도 그런대로 봐줄 만하며 오래 보아도 너무 미워지지 않을 것 같은 화분을 찾는 것이 나의 목적이었다.

그러나 어디까지나 기준은 '적당히'이다. 너무나 약하지도 않고 그렇다고 너무나 건강하지도 않고, 적당히 예쁜데 또 적당히 볼품없고, 있는 듯 없는 듯하지만 적당히 시선을 끄는 애매한 화분을 갖고 싶은 것이다.

사실 내게는 이미 강인한 선인장 화분이 하나 있다. 내가 분수한 일로 한 달 보름이나 물 주는 일을 잊었을 때에도 씩씩하게 홀로 살아남았던 선인장이다. 그런데 나의 철저한 무관심에도 불구하고 이 선인장은 당장에 서운한 티를 내지 않았기에 나는 갈수록 그에게 무심해지고 말았다. 이 선인장과 동거하는 동안 나는 생명을 대하는 도리와 책임감을 잊어버렸다. 어쩔 땐 그가 나의 무신경함을 느껴 애써 나를 외면하려는 것인지도 모른다는 무리한 생각이 들 정도로, 그의 강인함은 나로 하여금 우리의 공존에 어떤 의미가 있는가를 고민하게 했다. 그래서 침대 옆 협탁에 놓인 그와 잠을 기다리며 누워 있는 나 사이에 이토록 무거운 침묵이 흐르게 된 것이다.

언제나 한결같이 푸르고 건강한 그의 자태는 나를 한층 깊은 고독에 빠져들게 했다. 나는 그에게 해줄 수 있는 일이 없었다. 그의 건강함은 그 자신의 타고난 속성일 뿐, 내가 거들 것도 덜어낼 것도 없었기에 내가 할 수 있는 일이라곤 그저 바라보는 것이 전부였다. 그는 근사했고, 나는 외로웠다. 절대로 닿을 수 없는 한 우주가 내 작은 방에 들어앉아 있는 이 풍경이 참 외로웠다. 외부의 영향을 최소한으로 받기 위해 타자를 통제하며 자기 내면의 힘만으로 생존하려 애쓰는 강하고 아름다운 선인장과 동거하는 동안, 나는 지독히 외로웠다.

이제 최소 주 1회 물 주는 일을 거르고 나면 적당히 마음에 죄책감을 일게 하는 화분을 갖고 싶다. 미안한 마음에 해를 조금 더 보여주려 애쓰고 싶은 연약한 식물이면 좋겠다. 인간답게 살아가기 위해서는 누군가에게 깊이 미안해할 줄 알아야 한다는 생각이 들어서이다.

나는 대단치 않은 화분을 사러 나서면서 몇 가지 결심까지 한다. 깨어지기 쉬운 연약함을 지닌 존재와 살아가기 위해서는 내가 더 강해져야겠다고. 연약한 것을 돌보고 수용하기 위해 내가 더 건강하고 관대해져야 한다. 그러나 또 한편으로는 다시금 나의 이기심이 발동하여 만약 새로 산 화분이 너무나 병약하여 손이 많이 가고 걱정을 끼치다 죽어버리기라도 한다면 그것도 참 괴로울 것 같다는 생각을 한다. 그래서 결국 '연약한 듯 보이지만 쉽게 죽지는 않아 보이는', 즉 나의 필요에 '적당한' 식물로 타협선을 둔다. 적당하지 않은 모든 것은 아름답지 못하다.

적당히 아름다워도 향기가 진한 꽃은 나와 같이 살 수 없다. 이상한 이유일 순 있는데, 나는 음악을 하기 때문이다. 내 집에서는 음악이 시간의 향기를 담당하고 있다. 중복 코드는 내가 싫어하는 방식이다. 바라보기에 아름다운 것과 듣기에 좋은 것이 한꺼번에 펼쳐진 풍경은 혼란스럽다. 한 번에 한 가지 감각만을 오롯이 남겨놓는 사물들과 살아가는 것이 에너지가 적은 편인 나에게 어울린다.

또한 지나치게 많은 영감을 떠오르게 하는 뮤즈는 원하지 않지만 적어도 생사가 달린 문제에 있어서만큼은 늦지 않게 소통했으면 한다. 갈증이 난다, 해를 더 보고 싶어, 화분이 좁은 것 같아, 라고 어떤 식으로든 필요를 표현해주는 식물이어야 한다. 원하는 것이 무엇인지 채 알아차리기 전에 홀로 앓다 죽어버린다면 내가 한동안 너무 많이 울지도 모르기 때문이다.

꽃시장에서

딴에는 최선을 다해 보살폈음에도 끝내 시들어 말라버린 식물도 있었다. 누구의 잘못도 아니었다. 그는 적당치 않게 연약했고, 그 무렵의 나 역시 끊임없이 손이 가는 여린 식물만큼 깨어지기 쉬운 상태였다. 우리는 함께 아팠으나 서로에게 아무런 위안이 되어주질 못했다.

수동식 덧창이 고장이 났으나 고칠 엄두가 나지 않았다. 마침 피아노 수업을 받으러 오는 학생 수가 갑자기 줄어들어서 고정 수입이 반으로 줄었던 데다 평소보다 우울증이 심해져 사람을 피할 때라 소일 삼아 작은 음악회를 기획하던 일에서도 손을 놓을 수밖에 없었다. 그야말로 오도카니 앉아만 있던 여름이었다. 당장 일을 멈추자 창문 수리비는커녕 수중에 커피와 설탕을

17

사다 놓을 돈조차 없을 만큼 나는 가난해졌고, 그래서 종종 고장 난 물건을 잘 고치기도 한다는 아파트 관리인에게 시간이 된다면 한번 올라와서 손을 좀 봐줄 수 있겠는지 아쉬운 소리로 부탁도 해보았으나 그가 영락없이 귀찮아하는 듯 보여 비루한 자존심에 다시는 말을 꺼내기가 싫어졌다. 그렇게 덧창이 내려오지 않아 여름 햇살을 피할 수 없는 더운 방 안에 가난하고 무기력한 나와 병든 식물, 가쁜 숨을 몰아쉬는 연약한 두 존재가 함께 앓고 있었다.

자기 연민이 타인에 대한 공감 능력을 추월할 때 서로에 대한 연민의 마음은 점차 애증에서 혐오로 번져간다. 그때의 나는 풀 한 포기 살려낼 수 없는 무력한 인간이었으며, 나만큼이나 생의 가능성이 희박해져 보이는 그 식물을 미워했다. 그 무렵엔 모두가 약속한 듯이 나를 떠나갔고 나는 스스로가 장 콕토Jean Cocteau의 소설 『앙팡 테리블Les enfants terribles』 속의 절규하는 소녀 아가트처럼 '작아지고 멀어지고 사라져가는' 사람처럼 느껴졌다. 그리고 마침내 이러한 나의 자기혐오가 절정에 달했을 때, 나의 연약한 식물마저 작고 까맣게 말라버리며 잔인하게 나를 저버렸다. 그가 그렇게 떠나고 나서 얼어붙은 마음으로 한동안 나는 식물을 들이지 않으려 했다.

그러나 계절은 반드시 돌아오고 만다. 힘겨운 마음으로 새해를 맞고 겨울 지나 봄을 겪고 나니 거짓말처럼 어떤 존재에 '닿고 싶은' 욕망이 다시금 스멀스멀 올라온다. 그리하여 나는 조심스러운 걸음으로 다시 꽃시장에 온 것이다.

마치 미술관에 온 듯 고요한 사색의 시간을 누리며 꽃을 고르기에는 시테섬의 재래식 꽃시장이 좋다. 이곳에서 식물을 찾는 사람들의 눈동자는 모두 풀잎처럼 초록빛을 하고 있는 것 같다. 우리 모두는 저마다 전하고 싶은 이야기가 참 많은 사람들이지만 이 꽃시장에서만큼은 침묵 수행을 하는 구도자처럼, 또는 눈앞의 이 고요한 식물들처럼 아무 말 없이 그저 자기 얼굴을 꼭 닮은 풀과 적당해서 성가시지 않은 꽃, 거리를 두고 바라보기에 좋은 나무를 고르고 있다.

그대로 둔다

동거 식물이 있기 전의 이야기이다.

나는 여러 관계에서 미숙하기 그지없었다. 여러 사람에게 거듭 잘못했고 자연히 다양하고도 많은 미움과 질타를 받곤 했다.

땅의 모래알만큼 흔하고 사소하면서도 자세히 들여다보면 어느 하나 완전히 같은 것이란 없어 좀처럼 하나의 공통점으로 모아지지 않는 것이 타인으로부터 오는 거절감의 특징이다. 모든 사람이 각기 제멋대로 다양하듯 사람으로부터 받는 미움의 모양역시 각양각색이라 모든 상처는 익숙해질 틈 없이 언제나 새로이 아프다. 귀한 보석이나 하늘의 별처럼 그 근원을 알 수 없고 유일하며 영원한 것이 사람을 향한 미움의 감정이기도 하다. 딱 떨어지는 한마디 말로 변명하기 어려운 것이 어떤 사람을 사랑할 수 없는 이유이면서 때론 상상할 수 없이 많은 이유를 들어 타인에 대한 미움을 공공연히 내지르는 것이 인간이다.

방 안에 푸른 식물이 없던 시기였다. 대신 나 자신이 노랗게 말라버린 제라늄 잎사귀 같던 날들이었다. 그때의 나는 스스로를 받아들이기도 벅찼던지라 타인에겐 도무지 관대할 수가 없었다. 나는 방 안에 오도카니 앉아만 있어도 아마존 밀림의 야생식물 줄기처럼 수 갈래로 분열하며 무섭게 내면의 영토를 잠식해가는 새롭고 낯설며 거친 자아와 더불어 매번 부딪히고 다투었다. 나는 나에게 묻고 따지고 화를 내고 비웃고 야단치기를 거듭하면서 스스로를 집요히 미워했다. 그러다 마음의 상흔을 그대로 안은 채 밖에 나와 사람을 만나면 또 스스로에게 하던 버릇대로 온 힘을 다해 타자를 미워했다. 그러니 필연적으로 많은 사람이 나를 미워할 수밖에 없었던 것이다.

여름 한낮의 햇살같이 피할 수 없는 미움의 시선과 거절의 말들은 거침없이 날아와 내 마음에 내려앉았다. 사방으로부터 바람을 타고 온 민들레 꽃씨 같은 미움의 씨앗이 마음 안에서 썩어가느라 나의 밤은 길고 고단했다. 그 무렵에 나는 집에 따로 식물을 들이지 않았다. (이것은 전제인가 결론인가, 지금 자문해보는데 아직은 모르겠다.)

한 계절이 더 지나고 관용Tolérance에 대해 다시 생각하게 된 것은 '안드레André'라는 근사한 이름을 붙인 나의 첫 선인장이 사경을 헤매다 극적으로 생을 회복하는 과정을 지켜보면서였다. 사실 나의 선인장 안드레는 보통의 이타심 많은 인간이 타자를 배려하는 방식으로 나를 관용한 적은 없다. 오히려 동거인에 대한 철저한 무관심이 이 식물의 기본적인 태도라고 할 수 있었는데, 자신의 생존에 직결된 사항이 아닌 이상 다른 존재에 신경을 쓸 하등의 이유가 없었던 것이 아마도 안드레의 입장일 것이다.

어떤 식물이 하늘을 향해 가지를 내뻗는 것이나 매혹적인 향기를 내는 색색깔의 꽃을 터트리는 것에는 사실 그 어떤 의도도 숨겨져 있지 않다. 간혹 한 식물이 여린 가지로 손을 뻗어주는 데서 위로를 느낀다거나 향기로 친밀한 말을 건넨다는 식으로 어떤 정서가 있는 양 여기는 것은 어디까지나 인간의 환상일 뿐이다. 사실 식물은 살아 있는 동안 모든 기력을 자신의 생존만을 위해 사용하는 이기적인 존재이다.

그럼에도 불구하고 동거 식물이야말로 진정한 관용이 무엇인지를 제대로 보여줄 때가 있는데, 삶을 대하는 태도와 신념이 다른 타자를 대함에 있어 함부로 가르치고 설득하려 하지 않고 그대로 둘 때가 그렇다. 살아 있는 한 오로지 생명의 보전만을 추구하는 식물의 단순한 삶에 비해, 무엇을 향해 살아가는지 뚜렷

하지도 한결같지도 않은 인간의 복잡함을 바라보면서도, 식물은 단 한 마디 쓴소리를 건네지 않는다. 불안한 심경과 말할 수 없는 내면의 고통과 인간 사이의 불화 따위를 핑계로 삼아 걸핏하면 살아남아야 할 사명을 뒤로하고 식음을 전폐하기 일쑤인 나라는 인간과 동거하면서도 이 비생산적인 일상을 경멸하여 흘겨보거나 하지 않는 동거 식물의 똘레랑스.

나의 식물들은 단순하고 집요하게 자기의 삶, 실존existance만을 추구하며, 따라서 타인의 삶에 어설픈 훈수를 두는 무의미한 일을 하지 않는다. 선인장과 마르게리타 꽃과 베고니아 화분은 서로를 향하여 어여쁘다느니 힘을 내라느니 혹은 너는 그렇게 해선 안 된다느니 하며 쑥덕대느라 공연히 마주 보지 않는다. 다만 생명의 빛을 내려주는 저 태양만을 바라볼 뿐.

식물은 존재의 한계를 알고 있다. 그러기에 살아가는 데 필요한 건 물과 흙과 빛이면 충분하다는 단순한 진리를 좇으며 외적으로는 생존에, 내면적으로는 자아에 집중한다. 그에 비하면 아직 덜 진화한 인간은 공공연히 이타적 삶의 환상을 떠들어대며 의미 없이 타인의 영역을 기웃거리느라 실존의 한계를 잊어버리곤 하지 않았던가. 그러니 누가 인간이 식물로부터 진화했다고 감히 단언할 수 있겠는가. 오히려 우리 인간이 식물의 자주성과 주체성에 이르기엔 아직도 아득히 멀다 할 수 있겠는데.

정직하게 인생을 돌아보건대 우리가 진정으로 닿을 수 있는 타자가 있었던가?

우리는 겨우 타자의 대문을 지나 정원을 서성이며 흔해 빠진 붉은 제라늄을 보고 어여쁘다느니 건강하다느니 하는 상투적 칭찬을 늘어놓고, 거실로 통하는 문 안을 기웃거리며 저 안에 손님용 의자는 몇 개나 있을까, 서향집이라 초저녁에 덥겠구나 정도만 짐작해보고는 그 집을 속속들이 아는 체해버린다. 실은 타자의 식탁에서의 식사란 어쩐지 비위가 상하고 타자의 서재에는 이해하기 힘든 언어의 책만 가득하며 타자의 침실은 지옥 같은 악몽이라 상상조차 하기 싫어하면서도 우리는 만나고 닿았고 서로를 안다고 착각하는 것이다. 그러나 움직일 수 없다는 실체적 한계가 있어 서로를 방문하는 것이 불가한 식물의 세계에서는 타인에 대한 무지를 깨끗이 인정하기가 더욱 수월하다. 식물은 서로를 모르며 알 필요가 없고 (만약 식물에게 어떤 '필요'가 있다면 그것은 물, 빛, 흙 셋 중 하나일 뿐 다른 가능성은 없다.) 타자의 정원과 거실과 서재와 식탁, 그의 침실을 엿보고 평가하며 침범할 위험 없이 모든 것을 '그대로 둔다'.

타인을 **그대로 둔다**는 것은 상당히 진보된 관용이다. 각각의 개인은 자아로부터 타고난 개인의 소명을 발견하고 그것을 쫓으면 그뿐이지 결코 닿을 수 없는 타인과 공동의 운명을 같이하려 애를 쓰는 것은 의미 없는 일이다. 하늘 높이 솟은 해를 바라보고 땅 깊숙이 뿌리를 내리는 식물로부터 배운 역설에 의하면, 지독한 이기심만이 타인을 살 수 있게 만드는 에너지이다. 죽어서 썩은 제 잎사귀를 양분으로 삼아 다시 살기를 꾀하는 식물을 보면 삶에 대한 사랑은 죽음마저도 삶의 일부로 받아들이게 한다. 우리 인간은 서로가 죽으면 고작 며칠간 그를 위해 곡하고 눈물을 흘릴 뿐 곧 썩어가는 타자를 인정하지 못하고 삶의 자리에서 가장 먼 곳으로 죽은 이를 데려가 땅 깊이 묻고 돌아선다. 그러나 식물은 타인이 죽어 묻힌 자리에 묵묵히 뿌리를 내고 무덤 위에 찬란히 꽃을 피운다.

살아 있는 인간에게 죽음이란 어디까지나 먼 타인의 영역일 뿐, 타인의 죽음을 애도할 줄은 알지만 자신의 삶도 언젠가는 죽음을 맞을 날이 온다는 것은 깨닫지 못하여 산 자들의 자리와 죽은 자의 영역인 무덤을 되도록 멀찌감치 떨어뜨려 놓으려 한다. 그러나 식물에게는 나의 죽음이 곧장 타자의 삶으로 이어지는 것이 일상이다.

식물은 알고 있다. 싹 트기 전엔 흙이었을 뿐, 그리고 언젠가는 흙으로 돌아가는 것이 순리인 것을. 그리고 나의 자아는 언젠가 한 번은 머나먼 타자였음을. 또한 지금 이 생에서만큼은 있는 힘을 다해 자아에 집중하는 것이 그의 유일한 소명임을. 그리고 식물은 믿고 있다. 이 삶이 지나가면 또 다른 식물, 타자의 삶이 나의 무덤을 장식해주러 올 것이라는 영원한 진리를.

한때 죽어가던 선인장 안드레가 죽은 자기 잎사귀를 양분으로 삼아 다시 부활하던 날, 나는 피아노에 앉아 어떤 노래를 하나 지었다. 그것은 내가 죽어 어떤 날 무엇으로 다시 태어나게 된다면 조금 더 관대한 존재로 진화하기를 바라는 기도문 같은 것이었다.

그해 여름부터는 사람을 미워하는 일들이 조금씩 줄어들기 시작했다.

식물을 돌보는 시간

나의 식물의 생사는 매주 수요일 오전에 달려 있다. 내가 일어나 창을 열고 환기하며 물주전자를 채우고 화분을 하나하나 순방하는 이 시간은 채 5분을 넘기지 않는다. 삶을 유지시키는 가장 중요한 공급이 이토록 쉽고 간단하다는 것이 때론 미안하게 느껴질 정도로. 그렇게 식물은 타인을 의지하지 않으며 참으로 고요히 자기 생을 산다.

한 인간이 삶을 유지하는 데 필요한 요소들은 식물에 비할 수 없이 많고 복잡하다. 그러니 나의 생사는 무슨 요일에 달려 있는지 한마디로 말하기는 어렵다. 만약 직장에서 월급이 들어오는 날이나 정부주택보조금 입금일에 달려 있는 것이 나의 생이라면 살아가는 일이란 참 하찮은 것이다. 그러나 그렇게 믿고 싶지만은 않아서 나는 내 몸과 영혼에 가장 중요한 공급이 들어오는 날이 언제인가 면밀히 알아보려 했다. 몸을 살리고 정신을 세우며 영혼이 쉼을 얻는 그 시간은 언제인가, 생각하고 스스로를 관찰하면서 문득 햇빛과 물, 바람과 흙으로 살아가는 나의 동거 식물만큼이나 나 역시 적은 것으로 만족하고 단순하게 살아간다면 더없이 좋을 것 같다는 마음이 들었다. 흙을 해치지 않으면서 뿌리를 내리며 계절이 돌아오면 자랑 없이 꽃을 피우는 식물의 태도는 살아 있는 동안 남겨야 할 것과 하지 말아야 할 것이 무엇인지를 조용히 말해주었다.

그러던 어느 날 나는 마침내 한 인간으로서 나를 살게 하는 가장 중요한 시간이 언제인지 어렴풋이 알게 되었다. 나를 위한 공급의 시간, 그것은 어쩌면 고요한 밤이었다. 전등을 끄고 초를 켜며 음악도 없이 고요한 시간, 오도카니 앉아 때론 울고 때론 울지 않으면서 침묵의 시간을 보내다 잠이 들면 아침이 되어서 다시 새 힘으로 일어나는 것이었다. 고된 하루의 노동 끝에 의식을 잃고 잠이 들면 영원과 같은 평화가 깃든다. 생의 시간이 다하고 죽음이 찾아오는 순간이 아마도 이러할 것이다. 그러니 매일 밤 잠드는 시간은 죽음을 연습하는 셈이다. 고통이 가득했던 삶을 놓아버리고 영원한 쉼을 맞이하는 연습 말이다.

다행히 피아니스트로서 나는 매일의 연습이 얼마나 중요한지 누구보다 잘 아는 사람이다. 몸은 감각을 기억하는 데 탁월하다. 손끝에 닿았던 건반의 느낌, 무게, 힘은 매일 연습하는 가운데 더욱 민감해진다. 차분히 올바른 연습을 매일 하고 있는 연주자는 무대 위에서 어떨지에 대해서도 막연히 불안해하지 않는다. 수천 번도 넘게 반복했던 팔의 운동과 손가락의 움직임이 가볍고도 견고한 소리를 만들어낼 것이라는 믿음이 있기 때문이다. 연습을 한다는 것은 그런 것이다. 매일 같은 동작을 반복하여 몸에게 그것을 받아들이게 하는 것. 처음엔 익숙지 않았던 움직임도 반복에 반복을 거듭하다 보면 몸은 그것을 자연스러운 것으로 인정하고 자신의 일부로 받아들인다. 그렇게 되고 나면 새로운 움직임은 이제 어색하지 않고 가볍고 편안해진다.

잠드는 시간에 인간은 그날의 모든 무거웠던 일들을 다 내려놓는 연습을 한다. 해결되지 않은 문제도 여전하고 남은 일들이 산더미 같지만 육체는 고되고 이 삶은 영원하지 않으니, 오늘은 잠이 필요하고 인생에는 죽음이 있다는 것을 인정해야 하는 시간이다. 몸은 의식을 잃고 잠드는 것을 원치 않을 수 있으나 그럴수록 매일 연습한다. 언젠가 찾아올 죽음이 자연스럽고 평화롭기 위해서는 매일 피아노를 연습하듯 잠을 연습해야 하는 것이다.

죽은 듯 자고 일어나면 다시 새 아침이다. 일어나 화분에 물을 주고, 피아노에 앉아 다시 바흐를 치며, 시간이 되면 다시 일터로 나간다.

어쩌면 그 밤사이에 하늘에 계신 신께서 나에게 물을 주었는지도 모르겠다. 동에서 서로, 해가 지는 방향을 따라 마치 내가 화분과 화분을 순방하듯, 어둔 밤 잠든 사람들의 머리 위에 아무도 모르게 물을 주고 있는 전능자의 시간을 생각하면 가슴이 먹먹하다. 전능자가 물주전자를 들고 가여운 인생의 머리 위에 머무는 풍경, 피곤도 모르고 육체의 죽음도 모르는 조물주가 인간의 머리맡에 다가와 그에게 죽음을 연습하는 잠을 쏟아붓는 모습이 마음 안에 그려지면 그 연민과 긍휼의 마음이 나의 영혼 안에도 스며든다. 그러면 나는 모든 사라져가는 것들과 함께 우는 꿈을 꾸며 잠드는 것이다.

다시 밤이다. 사람들이 서로 '본뉘bonne nuit'라고 인사를 나눈다. 좋은 밤, 참 좋은 밤이다.

프라질리떼Fragilité, 연약함의 미학

언제부터인가 나는 지나치게 강한 정신과 신념은 피하기로 했다. 오히려 언제든 부서지기 쉬운 모호한 상태일 때가 더 자유롭고 아름다운 것 같아서이다. 어떤 이유로든 정신이 무너져 내려 하룻밤을 뒤척이며 울고 나면 지친 영혼에 위로와 같은 노래가 아침 이슬처럼 맺힌다. 어떤 울음은 노래가 되고 그 노래는 또 누군가를 울린다. 이 땅 어디엔가 연약하고 가난한 자들이 하염없이 우는 밤이 있기에 아름다운 것들이 끊임없이 순환한다.

여름이 끝날 무렵이었다. 마트에서 장을 보다가 생활용품 코너 한켠에 특가로 팔고 있는 고무나무를 발견했다. 파스타 소스와 키친타월, 멜론과 샴푸를 사면서 잘생긴 고무나무 화분 하나를 함께 계산대에 올려놓았다. 화분에 붙은 바코드를 스캔하니 14.90유로라고 가격이 찍혔다. 삑. 날카로운 기계음과 동시에 그 식물은 나의 것이 되었다. 삶의 자리를 옮기는 것이 이토록 손쉽다니. 그 순간에는 살아 있는 것을 제멋대로 진열대에 올려놓고 가격표를 붙인 인간의 이기심에 경멸의 감정이 치솟는다.

그러나 나의 소소한 구매품과 고무나무를 계산하며 적립카드가 있는지 물어보는 계산원의 순진한 얼굴에는 사실 어떤 악의도 찾아볼 수 없다. 왜 슈퍼마켓에 식물이 있는 거냐고 따져 물어봤자 그가 해줄 수 있는 말은 아무것도 없을 테고, 정말이지 그것은 그의 잘못이 아니다.

내가 유치원에 다닐 적, 유난히 금욕적이던 우리 집에서는 주일을 거룩하게 지켜야 한다는 신념 때문에 가게에서 껌 한 통도 사지 못하게 했다. 일요일 하루만이라도 주님을 위하는 날로 지키면서 육신의 만족을 위한 일체의 활동을 절제하자는 생각에서 우리 부모님은 모든 거래, 노동, 오락 같은 것을 금지시켰던 것 같다. 믿음이 충만했던 나는 언젠가 교회 가는 길에 있는 작은 구멍가게 안을 들여다본 적이 있었는데, 주일 아침부터 순전한 마음을 유혹하는 이백 원짜리 종이 인형과 오십 원짜리 눈깔사탕을 파는 구멍가게 노인의 얼굴이 과연 얼마나 사탄 마귀 같은

지 확인하기 위해서였다. 나의 믿음을 더욱 굳세게 지키기 위해서, 그리고 그 믿음이 선하고 옳은 편이기 위해서는 주일 오전 예배 시간에 가게 문을 열고 어린 영혼들을 유혹하는 그 인물이 필히 사탄의 얼굴을 하고 있어야만 했던 것이다. 그러나 실망스럽게도 구멍가게의 실상은 사탄의 소굴과는 거리가 멀었다. 내가 본 것은 한 남루한 차림의 노인이 막대사탕과 과자 사이에 파묻힌 듯 앉아 동네 꼬마들에게 받은 동전을 세고 있는 지루할 만큼 평화로운 풍경이었고, 그때 노인의 얼굴은 아무리 보아도 어떤 신성 모독이나 육신의 쾌락을 추구하려는 사람처럼 보이지 않았다. 백번 다시 보아도 그는 그저 휴일도 없이 노동해야만 하는 가난하고 고단한 우리 이웃일 뿐이었다.

그렇게 때로는 지나친 의미와 신념을 가만히 뒤로하고 그저 보이는 것을 그대로 보아야만 진실을 알게 될 때가 있다. 특히 나는 사람의 얼굴을 있는 그대로 바라볼 때 날이 선 경멸의 마음을 뉘우치게 되는데, 누군가의 얼굴을 가만히 바라보면 그 안에는 반드시 내가 모르는 그의 부모의 얼굴이 반반 어려 있고, 내가 전혀 알 수 없는 그의 어릴 적 고향과 그가 지난밤 꾸었던 꿈, 그가 가장 아팠던 밤과 그가 사랑했던 한 시절이 궁금해져온다. 그러면 나는 그 어떤 이의 살아가는 방식도 지나치게 미워하지 않는 것이, 그리고 아무리 옳고 선하고 좋아 보이는 무엇이라도 맹목적으로 따르지는 않는 것이. 그래서 언제라도 부서지기 쉬운 상태의 부실한 신념과 적당한 불안과 회의를 유지하며 사는 것이 그 어떤 진리보다 아름다운 것이라는 생각이 든다. 그리고 그렇게 마음을 먹고 나면 신기하게도 모든 인간들은 결국은 용서받아야 한다는 믿음이 솟아난다. 용기를 내어 정반대 편에 한번 서 보는, 순수한 상상력의 힘으로 말이다.

적립 카드를 내밀며 다시 계산대의 직원 얼굴을 바라보는데, 정말이지 그는 고무나무와 식물의 가격 시스템에 대해 조금의 악의가 없는 그저 한 사람의 노동자일 뿐이다. 그는 아무것도 잘못한 것이 없다. 오히려 나야말로, 모든 노동하는 인간의 얼굴은 신의 성품 중 하나인 성실함을 하고 있기에 결코 미워할 수 없다는 것을 알면서, 하마터면 무고한 인간에게 경멸을 품을 뻔했다.

철저한 개인주의자로 자유롭고 아름답게 살아가기 위해서는 그러나 우연히 스쳐 지나가는 이름 모를 한 노동자의 삶과 나의 생활이 이 사회 안에서 결코 무관할 수 없다는 사실 또한 잊지 않아야 한다. 비록 우리가 살아가는 방식과 소중히 여기는 가치, 신념은 각각 다를 테지만 이 노동자가 오늘 성실히 계산대에 앉아 있었던 덕분에 나는 편히 파스타를 먹을 것이며, 그 역시 하루의 노동을 마친 대가로 따뜻한 식사를 하게 될 것이다. 그러니 짧은 스침에도 우리는 서로에게 고마움을 표현하며 헤어지는 것이다. 물론 하루에도 수없이 반복되는 이 고맙다는 말들은 복제에 복제를 거치는 동안 그 의미를 상실하고 텅 빈 울림만 남게 되는 것이 조금은 안타깝지만 말이다. "Merci, bonne journée.(고맙습니다, 좋은 하루.)" 하면 표정 없는 상대방은 아마 오늘만 해도 수백 번을 되풀이했을 "Merci, madame. Au revoir.(감사합니다, 부인. 또 만나요.)" 하고 작별 인사를 건넨다. 헤어짐에 대한 아쉬움이 전혀 묻어나지 않은 건조한 안녕이지만 그렇다고 해도 이 모든 형식적인 인사들을 마냥 가식이라고 함부로 판단할 수는 없다. 그날의 먹을 것과 이달의 방세를 내기 위해 감정 없이 같은 인사를 반복해야 하는 성실한 노동자의 삶은 더 보탤 것도 덜어낼 것도 없이 바로 그 자체가 진실일 수 있기 때문이다.

어쩌면 그가 일하는 대형 마트의 계산원 자리마저 그가 스스로 선택하여 뿌리 내린 자리가 아닐지도 모른다. 마치 나의 고무나무가 어느 새벽에 눈을 떠보니 뿌리부터 땅에서 파헤쳐져 좁은 화분 안에 옮겨져 있었으며 또 어느 날 정신이 들고 보니 파리의 한 대형 마트 생활 잡화 코너 한쪽 구석에 14,90유로라는 가격표를 붙인 채 어색하게 서 있는 스스로를 발견하였고, 그러다 아무 저항도 못한 채 어느 동양인 피아니스트의 작은 아파트 창가에 자리를 잡게 된 것처럼 말이다. 인생에서 일어나는 일 중에 우리가 정말로 강한 의지를 가지고 스스로 결정하게 된 일이 얼마나 될까. 어쩌면 마트 계산원은 한때에 검푸른 대양을 가르는 큰 배 위에 있거나 모두가 잠든 밤에 별을 연구하는 과학자이거나 혹은 선인장이 있는 작은 아파트에서 피아노 연습을 하고 있거나 하는 것을 꿈꿨는지도 모르겠다. 어쨌거나 예측할 수 없는 삶의 굴곡을 타고 이루 다 말할 수 없는 사연의 파도에 떠밀려 영문도 모른 채 당도한 곳이 우리 모두가 지금 앉아 있는 곳이 아닐까.

그러니 고무나무를 안고 오며 나는 속삭인다. 그대의 삶이 뿌리 내리게 될 곳이 숲도 아니고 산도 아니라 비좁은 나의 방이 되었으니 참으로 미안하다. 그래도 내 방은 큰 창이 있어 해가 잘 들고, 나는 피아니스트라서 음악은 원없이 들을 수 있을 테니 아주 나쁘진 않을 것이다. 그러니 우리 잘 지내보자. 이렇게 말하고 나서 정신이 허약한 나는 결국 울음을 터뜨리고 말았다.

운명이다. 결국 운명이다. 우리의 삶과 죽음은 결국은 저 하늘에 달려 있는 것이고, 나와 그대는 좋든 싫든 그저 함께 창 너머 저 하늘을 바라보며, 때론 어둔 밤에 별을 세며 그렇게 지내보자.

나의 운명 역시 이 고무나무와 크게 다르지 않다. 왜냐하면 나역시 적어도 일주일에 이틀 정도는 영문을 모르고 어리둥절한채로 앉아 있는 자리가 있기 때문이다.

삶의 모든 순간들이 정확한 퍼즐 조각처럼 목적과 용도가 딱들어맞아야 한다고 믿게 되면 자기 삶을 있는 그대로 수긍하기가 더 어려워진다. 가끔씩 교회에서 간증 같은 것을 하는 사람들을 보면 기승전결이 딱 들어맞는 잘 쓰여진 각본 같은 인생을 사는 것처럼 보여서 그 드라마틱함에 매료될 때마저 있다. 그런데그들이 약간의 자아도취적인 태도로 천국과 같은 날들을 살아가고 있는 듯 말할 수 있는 것은, 어쩌면 모든 우연한 일과 사고, 또는 실수와 불행과 비극과 때로는 자신의 부정不正마저도 이미 예정된 신의 의지인 것으로, 또한 성화聖化의 과정이며 재기의 기회로 믿는 강한 신념 때문이 아닐까.

그렇게 살면 물론 믿음 안에서 행복감 같은 괜찮은 감정은 맛볼 수 있겠지만, 어쩐지 나는 그들이 삶의 모든 순간을 있는 그대로 수용할 만한 용기와 믿음이 부족하여 오히려 과장된 언어와 태도로 내면의 불안을 애써 감추려 한다는 인상을 지울 수 없다. 때로는 어떤 사실을 건조하고 재미없게 말할 수도 있는 무덤덤한 솔직함, '어쩌다 보니 그렇게 되었네.'라고 말하는 소탈함, 불행한 일을 겪었을 때 마음이 아프다고 말하는 순수함, 이것이 신의 뜻이지 어쩐지는 잘 모르겠다고 말하는 용기와 자유, 그리고 방해가 되었다면 미안하다고 말하는 겸손함이 없는 신념과 태도는 언제나 낯 뜨겁다.

나는 언제부터인가, 자신이 앉아 있는 자리에 그 어떤 소명 의식이나 특별한 의미를 부여하지 않고 그저 있는 그대로를 받아들이는 사람이 편안하다. 인생을 지나치게 의미 있는 것으로 여기며 신으로부터 받은 자신의 소명이란 것을 공공연히 드러내는 친구들을 몇 번 만난 적이 있는데, 어쩐지 그들은 명백한 실수나 잘못도 쉽게 인정하지 않는 경향을 보였다. 그들은 아무리 사소한 걸음일지라도 완전한 신의 섭리 안에서 움직이는 것이라고 확신하였고, 그 가운데 혹시라도 누군가에게 불편이라도 주게 되면 마치 그들을 보낸 신이 완전하지 못한 것으로 보여질까 두려워하여 사람들에게 지나치게 친절하려 했으며, 그래서인지 자주 어색한 미소를 띠곤 했다. 신이 결정한 모든 일은 완전무결하다는 믿음을 타인 앞에서 증명하려면 신으로부터 부름받은 그들은 완벽하게 그 사명을 받들기에 부족함이 없어야 하기 때문이며, 과정은 물론 결과에도 한 치의 오차나 실수가 있어서는 안 되었기 때문이다. 그러기에 때때로 그들은 실패했어도 그들의 믿음 안에서는 실패가 아니라는 사후적 해석을 하며, 가끔은 남에게 피해를 주고도 진심 어린 사과와 뉘우침 대신 영적인 의미에서 사랑해서 그렇다는 길고 지루한 변명을 대고, 그렇게 궤변을 늘어놓아서라도 재판에 이기고야 마는 어떤 변호사들처럼 자신의 믿음 세계 안에서만큼은 언제나 옳고 성공하고 승리한다. 그런데 그들을 바라볼 때 못내 측은한 마음이 드는 이유는, 그런 사람들은 자기 믿음을 타인에게 증명하려고 너무 애쓰기 때문에 오히려 더욱 불안해 보이기 때문이다. 내가 보기에 그들은 지나치게 신을 사랑한 나머지 혹시라도 자기의 잘못이 드러나면 세상 사람들로 하여금 자신을 선택하고 보낸 신의 판단을 의심하게 만들고, 결과적으로 그의 영광을 가릴까 조심하고 걱정하는 것 같기도 하다. 그러나 모르긴 몰라도, 내가 만약에 전지전능한 신이라면 자신을 그렇게까지 보호받아야 하는 나약한 존재로 만들어버린 그들을 오히려 증오할지도 모르겠다.

인생의 모든 순간에 그렇게 의미가 가득해서야, 숨이 막혀서 살 수가 있을까.

정직하게 말해보자면 내게는 아무 의미 없고 쓸모없는 시간들도 분명 있었다. 피곤하지도 아프지도 않았는데 그저 게을러서 침대 밖으로 나가지 않고 하루를 그냥 보낸 날들도 참 많았고, 비겁하고 나쁜 남자를 좋아해서 애타는 마음을 담아 연애편지를 썼던 부끄러운 밤도 있었다. 그런 밤에는 깨달음도 없고 신의 계시도 없이 그저 침묵과 공허함만이 가득했다. 이토록 의미 없이 길고 지루한 시간을 보내던 나날이 나중에 어떤 선한 일을 위한 계기를 마련해준다거나 하는 극적인 반전이 있다면 그것도 나쁘진 않겠지만, 사실 그런 일은 흔하게 일어나지 않는다. 그래도 다행인 것은 의미 없는 날은 그저 '의미가 없을 뿐'이지, 아주 좋은 것도 아니지만 특별히 나쁠 것도 없다는 점이다.

피아노를 배우기로 결심했던 것에는 어떤 극적인 계기가 있었던 것이 아니다. 누군가 나의 비범한 재능을 발견하고 적극 추천해주어 이름 있는 콩쿠르에 나가게 되었다거나, 익명의 음악 애호가로부터 음악 수업을 후원받았다거나 하는 그런 감동적인 스토리도 없다. 그런 사연은 텔레비전에 나오는 영재 발굴하는 쇼 프로그램에서나 넘쳐나는 것이지, 실제 음악가들의 이야기는 의

외로 평범해서 심심하기까지 하다. 물론 한때는 어떤 기가 막힌 동기와 사연이 반드시 있어야만 하는 것인 줄 알고 있는 이야기 없는 이야기를 다 끌어다가 나만의 스토리를 만들어보려 애썼던 적도 있었다. 그래서 음악을 전공하고 싶어질 무렵엔 새벽에 예배당에 나가 기도도 해보고, 레슨 선생님의 단 한마디 칭찬에 세상을 전부 얻은 듯 기뻐하며 철없이 자랑하고 다니기도 했다. 그러나 그 후에 돌아오는 것은 진실되지 못한 스스로를 미워하게 되어 더욱 텅 비고 공허한 마음뿐이었다. 억지로 쥐어 짜낸 사연을 자랑하는 것만큼 부끄러운 것이 또 있을까.

이제 덤덤히 진실을 말해보자. 나는 그저 이유를 모른 채 피아노가 좋았고, 아마추어 피아니스트로 슬금슬금 독학을 하다가 어느 날 우연한 기회에 피아노를 연주해야 하는 아르바이트를 소개받았을 뿐이었다. 그리고 음악인들을 알게 되었고 음악 언저리에 있다가 차츰 그 안으로 스며들어가게 되었으며, 유학과 입시정보를 검색하고 어학연수 과정으로 프랑스어를 공부하고 여느 유학생들이 겪는 여차저차한 과정들을 겪으며 파리의 음악학교를 졸업한 후 연주 활동을 시작했다. 물론 수많은 밤을 눈물로 지새우며 연습하고 노력한 날들을 절대로 간과할 수는 없지만 사실 어느 분야에 있는 사람이건 나이 서른에 그 정도 노력 안하고 살아본 사람이 있겠는가.

한편으로 그사이에는 만나지 말았어야 할 인연도 있었고 잘못된 판단도 많았으며 내가 상처를 준 사람도 있고 더없이 게으른 시기도 있었는데, '끝이 좋으면 다 좋은 것'이란 논리로 그러한 모든 시간들을 미화하거나 합리화하고 싶지 않다. 그 시절은 참 많이 힘이 들었고, 그때는 내가 어리석었을 뿐이다. 어떤 순간을 있는 그대로 인정하게 되면 거기에 특별한 의미를 부여하거나 다시 해석할 필요 없이 모든 살아 있는 순간들이 그 찰나의 진실이 된다.

그런 의미에서 나는 주말 오후에 내가 일하고 있는 파리 9구의 잡화점을 있는 그대로 바라보는 것이 좋다. 그곳에서 나는 피아니스트도 아니고 피아노 선생도 아니며 그냥 주말에만 일하는 '점원 에밀리'일 뿐이다. 나는 결코 내가 이곳에 어떤 대단한 목적을 갖고 삶의 치밀한 계획이나 신의 섭리 가운데 취업했다고 믿지 않는다. 그저 이방인 아티스트로 살면서 불안정한 수입으로 근심하는 것이 스트레스가 되어 어느 날 자리를 박차고 일어나 신체와 감정 노동의 현장으로 들어갔을 뿐이다. 그곳에서 나는 모든 서비스 노동자들과 다를 바 없이 'Bonjour(안녕하세요)'와 'Au revoir(안녕히 가세요)'를 반복하고 회계 장부에 192.80이라든가 234.40이라든가 하는 의미는 없는 숫자를 적어넣으며, 지루함을 잊기 위해 음악을 크게 틀어놓고 가게를 청소한다.

나는 분명 문학을 사랑하는 사람이며 아티스트임에 틀림없지만, 가게의 유리 진열대 위 스노우볼 안에 갇힌 수십 명의 복제된 '어린 왕자들(생텍쥐페리의 바로 그 유명한 어린 왕자 캐릭터)'을 세어볼 때에는, 그리고 수십 마리의 여우와 장미꽃들의 재고를 헤아릴 때만큼은, "본질은 눈에 **보이지 않아**." 같은 명문장을 떠올리며 그 의미를 깨닫기 위해 사색에 잠기거나 할 겨를이 없다. 소설 속의 여우가 말한 대로 어떤 것의 본질은 참으로 눈에 보이지 않기 때문에, 그나마 내게 잠깐의 짬이 생겨 간이 의자에 걸터앉을 수 있을 때에 내가 이 '눈앞에 **보이는** 어린 왕자'에 대하여 생각하는 것이라고는 고작 스노우볼의 판매 수량을 예측해보며 오늘은 여우가 이길까 장미가 이길까 궁금해하는 등 온통 비본질적인 것뿐이며, 조금 더 시간이 있을 때 생각하는 것은 왜 미국인들이 굳이 원작에도 없는 장면인 어린 왕자가 파리 에펠탑 앞에 서 있는 그림의 유아용 티셔츠를 사가지고 가는 건지 궁금해하는 정도이다. (그 역시도 조금만 생각해봐도 어렵지 않게 답을 찾을 수 있는데, 그건 어린 왕자가 파리의 관광객처럼 에펠탑 앞에 서 있는 이상한 그림의 티셔츠를 보면서 생텍쥐페리의 책에 이런 장면이 있었던가 되짚어보기보다는 단순히 이 귀여운 소년이 자신의 어린 조카를 닮았으니 선물로 안성맞춤이겠다 여기기가 더 쉽기 때문이다. 그러고 보면 어린 조카들은 누구나 그 집안에서 어린 왕자님 대접을 받기 때문에 이런 연상이 전혀 엉뚱한 것은 아닐지도 모른다.)

나는 "어린 왕자가 있네!Voila! Il y a Le Petit Prince!" 하며 환호하며 들어오는 손님들에게 "네, 여러 종류의 어린 왕자들이 있어요 Oui, on a plusieurs petits princes."라고 응대하고 있는 주말 직원 에밀리이다. 그들은 평생 한 번이 될 수도 있는 파리 여행에서 단 하나의 의미 있는 어린 왕자 기념품을 가져가고 싶겠지만, 내 눈앞에는 가격표를 단 수십 수백 개의 복제된 어린 왕자들이 '이 플라스틱 스노우볼은 사실 중국에서 왔지만 관광객들에게 원산지를 올바로 가르쳐주는 것은 아무런 의미가 없다.'라고 말하고 있는 찰나의 진실이 **보인다.** 이 가게 어디에도 생텍쥐페리가 의도한 진짜 어린 왕자는 없을지 모르지만 그렇다고 수없이 복제된 여러 종류의 어린 왕자들 모두를 영혼 없는 가짜라고만 치부할 수 없는 것은, 이 중국산 어린 왕자 기념품들이 현재 나의 삶을 살아가게 하고 있기 때문이다. 한 생명의 삶을 살아가게 해주는 어떤 것이 있다면 그 시스템이 옳다 그르다를 따지기 앞서 우선 생명이 연장되어 다행이고 고맙다는 마음을 갖는 것이 더 낫다. 어떤 낮선 삶을 대함에 있어서도 연민의 마음을 넘어서는 더 우아한 태도가 있을 수 없는 것처럼 말이다.

나는 이 시절이 내 인생의 오점인지 기회인지 배움의 현장인지 혹은 젊음을 낭비하는 것뿐인지 그 의미에 대해서는 잘 모르겠다. 아니 사실 의미 있는 것은 아무것도 없으며 그저 이 순간 내가 파리 9구의 빠사주 조프루아 47번가의 한 가게에 뿌리를 내리고 밥벌이를 기대하고 있다는 것만이 진실일지도 모른다. 영문을 모른 채 파리 에펠탑 앞에 불시착한 중국산 어린 왕자들처럼, 그리고 나의 고무나무가 슈퍼마켓 상품이었던 시절을 거쳐 해가 잘 드는 내 방 피아노 옆에 뿌리를 내리고 있는 것처럼 말이다.

식물의 죽음

이사를 온 첫 봄에 욕실에 두었던 한 화분은 여름을 보지 못하고 죽었다. 살려보려는 마음에 내 딴에는 애를 써보기도 했지만 결국엔 소용이 없었다. 인간의 힘으로는 기껏 비바람 정도를 막아줄 수 있었을 뿐 아무리 애를 써봐도 삶의 끝에 죽음이 오는 것만은 막아줄 수가 없었다. 욕실 창가에서 죽어가던 식물은 온몸으로 죽음이란 무엇인가를 보여주었다. 그의 뿌리부터 잎 전체에 죽음의 기운이 가득했다. 그렇게 죽어가던 식물은 레프 톨스토이의 소설 『이반 일리치의 죽음』을 떠올리게 했다. 죽음의 공포에 짓눌려 살아 있으나 이미 죽은 사람처럼 보이기까지 했던 이반 일리치의 이야기를 읽으며 두려움에 사로잡힌 삶은 매 순간이 죽음의 연장일 뿐임을 배웠다.

식물은 살아 있는 동안 온 존재로 삶의 기운을 내뿜지만 병이 들어 죽음이 확정되면 죽음의 실체를 드러내기를 주저하지 않는다. 처음에는 그저 죽음의 그림자가 서서히 드리워지는 정도이지만 머지않아 그 그림자는 삶의 상징이던 푸른 식물 전체를 지배하는 실체가 되어간다. 누렇게 말라 죽어가는 나의 식물은 죽음의 형상 그 자체였다. 죽음만이 오늘의 할 일인 듯, 병든 식물은 죽음을 향해 모든 힘을 다해 전진했다. 그렇게 나의 동거 식물은 삶 역시 죽음으로 가기 위한 한 걸음일 뿐임을 드러내었는데, 그것이 어쩌면 살아 있는 우리 모두에게도 진실일는지 모른다.

인간은 자기 내면에 무엇이 들어 있는지 감추기 위해 겉으로 드러나는 부분을 공들여 가꿀 때가 있다. 마음 안에 죽음의 두려움이 가득할 때에 기쁨의 노래를 지어 부르기도 하고 허리를 꼿꼿이 세우고 등을 펴며 그 어느 때보다 씩씩하게 걷고 또 걷는다. 사랑을 잃고 마음이 갈피를 잡지 못할 때에 여자들은 머리 모양을 바꾸고 진한 화장으로 눈물을 감춘다. 상실한 젊음을 아쉬워하는 남자들은 영원히 피곤하지 않을 불사신이 된 것처럼 늦은 밤까지 일에 몰두한다. 그렇게 우리는 내면의 두려움을 타인에게 들키게 되는 것마저 두려운 나머지 갈수록 견고하고 교묘한 자기방어의 성을 쌓는다. 그리고 내유외강이니, 외유내강이니 하는 그럴싸한 말로 인간의 표리부동을 합리화한다.

그러나 나의 동거 식물은 그렇지 않다. 나의 병든 식물은 누가 봐도 병들었다는 것을 한눈에 알 수 있었다. 아프면 아픈 대로 그의 병을 온전히 온몸에 드러내었기 때문이었다. 나의 식물은 무엇인가에 목적을 두고 어떤 상태로 변화하는 중이었다. 몸은 낮아지고 작아지며 뿌리를 붙잡고 있던 흙은 그 비쩍 마른 식물을 끌어내려 땅 밑으로 고개를 숙이게 하는 듯했다. 한때 청청하고 우아하던 나의 식물의 건강함은 대체 어디로 가버린 것인지, 지금 그는 무엇으로 변화하고 있는 중인지 의문을 갖고 물끄러미 바라보다가 문득 어떤 생각이 떠올랐는데, 그는 지금 죽음 그 자체가 되어가는 과정에 있는 듯한 찰나의 인상이었다. 그리고 죽음이 오던 날 마침내 그는 스스로 '죽음'이 되어 완전하게 죽었다. 마지막 유언도, 아쉬운 작별의 인사도 식물에게는 모두 겉치레였다. 죽음은 죽음일 뿐, 죽어가는 순간에는 온전히 죽음에만 집중하다가 마침내 그의 삶이 죽음 그 자체가 되는 것이다.

어떤 울음은 노래가 되고

　한번은, 삶과 죽음에 관한 잊을 수 없는 대화를 나눈 일이 있다. 7월에 파리에서 함께 콘서트를 준비했던 즉흥음악 연주자 S씨의 이야기이다. 어느 날, 그는 꿈속에서 여러 사람들의 얼굴을 보고 어떤 이가 산 자이고 어떤 이가 죽은 자인지 알아맞히고 있었더란다. 그가 보기에 산 자들의 얼굴은 모두 울고 있고, 죽은 자들의 얼굴은 미소를 띠며 평온해 보였다고 한다. 계시 같은 꿈을 꾼 덕일까, 삶과 죽음의 비밀을 깨우치게 된 듯 함께 연주하는 동안 그는 말할 수 없이 평온했다. 그날의 음악은 겨울 산을 그림으로 보는 듯 고요했고 때때로 죽음 같은 침묵이 우리의 공간을 감싸기도 했다. 삶을 노래하려고 하면 마음은 울음으로 가득 찬다. 살아 있는 것이 서로를 울고 울리는 고통의 시간들이기에 울고 울고 또 울어서 어떤 울음은 노래가 되고 그 노래는 다시 사람을 울게 한다. 피아니스트로서 소리를 만들어가는 연습에 몰두하고 있다 보면 그 과정이 너무나 고통스러워서 존재의 깊은 곳에서부터 울음이 터져 나오는 밤이 있다. 울음이라고도 하고 울림이라고도 하는 그것이 아마도 우리가 사랑하는 음악의 본질이려니 생각된다.

아무도 공공연히 드러내지는 않지만, 아마도 살아 있는 사람들은 너나 할 것 없이 내면 깊숙이 울고 있는 얼굴을 하고 있을 것이다. 살아 있는 동안은 언제까지나 그럴 것이다. 저마다의 살아온 이야기와 사연은 알 수 없지만 모두가 말할 수 없는 아픔으로 우는 얼굴을 하면서 살아갈 것이다. 그래서 모두 안쓰러운 존재들이다. 이해할 수 없는 인간을 볼 때에도 그러려니 하는 마음이 들고, 그러니까 때로는 나와는 우주만큼 머나멀 것 같은 타인을 아무 말 없이 그저 안아주기도 한다. 연민compassion을 느낀다는 것은 아마도 인간이 가지고 있는 가장 큰 능력이자 특권일지도 모른다.

인간으로 살아 있는 한, 최대한 많은 시간을 우는 자들과 함께 더 많이 울어주어야겠다고 다짐한다. 그것이 삶에 대한 나의 노래가 될 것이다. 그리고 어느 날에 죽음이 다가오면 노래를 그치고 인간적 연민도, 숙명 같은 눈물도, 영원히 머나먼 타인의 마음도, 그 아무것도 모르는 식물처럼 평온히 죽어가야겠다. 그러면 마치 S씨의 꿈에서처럼 죽은 이의 얼굴이 되어 비로소 평온할 것이다.

서울

서울, 하고 소리 내어 발음해보면 여름 밤 뚝섬유원지에서 불어오던 바람 맛이 느껴진다.

오랜 기억 속의 서울에는 언제나 깨끗한 새 옷을 입은 사람들이 산다. 한 손에 테이크아웃 커피를 다른 한 손엔 친구의 손을 잡은 다정한 사람들, 밝은 조명 아래 하얗고 맑은 피부를 뽐내는 아름다운 사람들이 산다. 그 사람들 속에 젊은 날, 가장 예뻤던 날의 내가 있다.

시네마테크 프랑세즈가 지척에 있고 내가 사랑해 마지않던 영화감독의 이름을 딴 프랑수와 트뤼포 영화도서관La Bibliothèque du cinéma François Truffaut도 언제든 찾아갈 수 있는 파리에 살고 있지만, 이상하게도 트뤼포의 영화는 그 어느 한국 영화보다도 서울을 그렇게 만든다. 아마도 그의 영화는 죄다 서울에 살던 시절에 보았던 까닭일 것이다.

가져본 적이 없는 것을 막연히 사랑하던 시절이 있었다. 학교가 파하면 교복을 입은 채로 대학로의 동숭 시네마테크나 종로의 시네코아 같은 데를 다니며 오래된 프랑스 영화를 찾아보던 소년기의 나는 비통함이 무엇인지도 잘 모르면서 그저 낭만적이기만 한 소설을 읽고는 쉽게 울었고, 실제로 고통다운 고통에 직면한 적도 없었으면서 비극적 영화 몇 편에 괴로워했다.

그 시절 동경하던 1960년대 프랑스 영화에서는 남자나 여자나 모두 방 안에서 담배를 피우고, 무표정한 얼굴로 목적 없이 파리의 거리를 걷곤 했다. 프랑소와 트뤼포의 카메라는 주인공의 마음을 말해주는 듯 다정히 다가오다가도 돌연 거리를 두고 무심히 멀어지곤 했다. 가까운 듯 가까워지지 않는 영화 속의 사람들과 낯선 거리가 묘하게 나의 마음을 사로잡았다.

1997년 어느 날, 트뤼포의 〈쥴 앤 짐Jules et Jim, 1962〉이 서울에서 개봉했다. 나는 〈로드쇼〉와 〈키노〉 같은 영화 잡지에서 리뷰

를 먼저 읽고 한 학년 아래인 동생과 함께 동숭 시네마테크를 찾
아갔다. 내 동생은 예술 영화에는 그다지 관심이 없고 오히려 토
요일마다 교내 적십자 서클 RCY에서 만난 친구들과 즉석 떡볶이
를 먹고 노래방에 가는 것을 더 좋아했는데, 나는 동생이 시시한
아이들을 만나 시시한 놀이를 하는 것을 무시하는 투로 비아냥
대며 내 딴에는 보다 '수준 높아 보이는' 극장이니 도서관이니 여
기저기를 멋대로 끌고 다녔던 것 같다. 이제 와 생각해보니 무던
한 성격이었던 동생이 별다른 불평 없이 번번이 나의 여가 생활
에 동행해주었던 것은 참 고마운 일이다.

극장 안은 한산했다. 영화 동호회 사람들 몇몇이 모여 앉아 있
었고 세련된 차림의 대학생들이 대부분인 관객석 한켠을 어엿이
차지하고 앉아 있자니 내심 우쭐한 마음도 들었다. 그 시절엔 자
의식이 예민하여 남들이 나를 어떻게 보고 있는지에 공연히 신
경을 곤두세우곤 했다. 그러다 보니 영화의 내용보다는 그날의
관객석의 인상과 내가 앉았던 자리, 영화 시작 전에 동생과 나누
었던 대화 같은 것들이 이토록 오랫동안 기억에 남는 것이다.
솔직히 말하자면 나는 잔느 모로Jeanne Moreau가 왜 두 남자 사
이를 오가며 자기 파괴적인 사랑과 이별을 반복하고 있는지 잘
이해할 수 없었지만 그래도 일단은 시종일관 심각한 얼굴로 영화

에 집중하기로 했다. 동생이 옆에 있으니 언니로서의 체면도 중요했고 한편으론 영화가 끝나고 나면 분명 무엇인가를 조금은 이해할 수 있을 것이라는 믿음이 있었기 때문이다.

우리의 믿음이란 대게 그런 것이지 않나. 간절히 믿는 만큼 구하고 찾게 되고, 바라던 것을 찾게 된 후에는 그토록 기쁜 것이 없는 것. 반드시 숨겨진 의미를 찾고야 말겠다는 굳은 의지와 더불어 믿음의 눈으로 영화를 보면 과연 기적처럼 보이지 않던 것이 그 정체를 드러내며 다가올 때가 있으니 말이다. 남장을 하고 달리기 시합을 하는 카트린의 아름다움이 바로 그런 것이었다. 아직 풋사랑조차도 모르는, 그러니 질투와 애증이 어떤 것인지 알 턱이 없는 내가 보기에도 스크린 안의 달리는 여자의 얼굴과 그 장난기 가득한 웃음, 흔들리는 몸이 가진 아름다움은 설명할 수 없는 아우라를 내뿜고 있었다. 그것만으로도 영화는 열여섯 소녀를 압도하기에 충분했다. 그 아름다움은 어떠한 설명이 없어도 그 자체로 힘 있고 의미 있는 것이었다. 원래 아름다움이란 것은 스스로를 증명하지도 않고 설득하지도 않는다.

한편으로 나를 더욱 사로잡았던 것은 영화가 공들여 그려내고 있는 '어른들의' 이상한 정서가 아니라 그저 낯선 나라의 기묘한 이야기와 풍경이었는지도 모른다. 또래의 친구들이 인기가요와 수목드라마를 이야기할 때 대학생들 사이에서 가보지 못한 나라 프랑스의 1960년대 누벨바그 영화를 즐기고 있다는 사실은 나를 조금은 특별한 사람으로 만들어주는 듯했기 때문이다.

그러니 극장 안에서 두어 시간을 달콤한 자부심에 빠져 있다 밖으로 나오면 눈에 보이는 서울의 거리는 너무나 빤하고 시시해서 견딜 수 없었다. 그리고 '견딜 수 없다'는 감정을 묵묵히 배우는 순간은 정말이지 견딜 수 없는 경험이었기에 영화를 보고 나오는 길은 늘 우울했다.

"애야, 네가 특별해지고 싶은 마음은 누구나 그 시절에 다 겪는 흔한 성장통이란다. 너는 그저 그만큼 평범할 뿐이야."

물론 그 시절 내게는 따뜻하고 좋은 어른들, 훌륭한 선생님들이 있었다. 나에게 깊이 공감하는 듯한 눈빛을 보이며 자신들도 한때는 고독하고 슬프기만 한 십대를 보낸 적이 있다고 말해주는, 그리고 덧붙여 그 시절을 지나 이제는 마침내 흔들리지 않는 소위 건강한 정서를 갖게 되었다고 자부하는 어른들 말이다. 그런데 사실 그들이 인생에서 처음으로 우울과 무력감의 세계에 들어서는 소녀에게 들려주는 이야기는 적어도 나에게만큼은 이렇게 다가왔다.

"너는 그저 평범해지고 있는 과정을 겪고 있을 뿐. 그렇게 동경과 허영을 배우고 난 후 세상이 얼마나 만만치 않은 곳인지를 배우게 될 것이고, 몇 차례 쓴 좌절을 맛본 후에 성격은 둥글게 깎이고 자아는 모래처럼 작아져 누구와도 다르지 않고, 누구에게도 눈에 띄지 않는 흔하디 흔한 어떤 여자가 되어가는 중이란다."

그게 삶이란 것이고, 그렇게 되어가는 것이 바람직한 삶이며, 바로 우리 모두의 삶이다, 라는 말. 참 이상한 것은 대부분의 어른들은 지금 현재에 내가 느끼고 있는 감정에 대해서는 별다른 이야기를 하지 않고, 모두가 '그것이 지나간 후'에 어떻게 좋은 어른이 될 수 있는지에 대해서만 이야기한다는 것이었다. 그리고 앞날을 기대하는 믿음과 소망이 중요한 것이라고 말하면서 지금 현재 자기 마음 안에 무엇이 있는지는 좀처럼 솔직하게 이야기하지 않는 것을 보면서 나로서는 어쩐지 그들이 지금 바로 여기에 오늘 실존하는 스스로를 자세히 들여다볼 용기가 나지 않아 자꾸만 먼 훗날의 소망을 이야기하는 건 아닌가 하는 의심마저 들었다. 그러나 나 역시 어쩌면 비겁하게도 속마음을 대놓고 표현할 만큼 용감한 성격이 못 되었기에 그저 그들의 바람대로 '이 대단치 않은 성장통을 무난히 견뎌내면 언젠가는 어엿한 어른이 될 것이라는 믿음'에 조용히 편승하는 것 외에는 다른 선택이 없었다. 그러니까 이제 와 변명하자면 마치 내가 이 건전하고 따스한 믿음 안에서 안전을 느끼고 모든 것이 순조로운 듯 미소를 짓고 있는 날이 많았던 것은 내면을 잘 이야기하지 않는 어린아이 특유의 연약함과 비겁함 탓이었다.

별다른 수가 없어서 '하는 수 없이' 보여야 하는 감정의 표현은 내게 지옥 같은 무기력이었다. 할머니가 시골에서 농사지은 포도와 복숭아를 판 돈에서 용돈을 쥐어주며 "우리 공주님, 착하기도 하지." 하실 때에는 웃으며 "고맙습니다."라고 말하는 것 외에는 다른 답이 없었다. 나는 그다지 착하지도 않고 공주님도 아닌데, 그렇다고 아니라고 말하는 것은 아무런 의미가 없으니까. 할머니 같이 사랑이 많은 어른들이 아이에 대하여 꿈꾸는 것은 불가능할 만큼 아름답고 찬란하기만 하다. 그리고 유감스럽게도 아이로서는 그 숭고한 바람들에 비해 자기가 실은 비겁하기고 영악하기 짝이 없는 인물이라는 점과 때때로 인생이 너무 슬프거나 견딜 수 없이 지겹다고 생각했던 일들이 영 죄스러울 때가 있다. 그러나 이런 마음을 결코 들켜서도 안 된다. 왜냐하면 훌륭한 어른들은 그저 이 천진한 아이가 자라면서 적어도 자신들만큼은 고생하지 않기를, 인생의 쓴 고비를 만나더라도 수월히 넘어가기를,

깨끗하고 고운 손을 언제까지나 간직하며 선한 사람들과 소소한 일에 웃으며 살게 되기를, 분에 넘치게 유명세를 타지도 말고 남의 손에 의지해야 할 만큼 비천해지지도 않고 그저 평범하고 정다운 우리 이웃들처럼만 살아가기를 바라는 마음을 담아 그 손에 만 원짜리를 쥐어주며 눈물까지 글썽이고 있기 때문이다. 이런 상황에 놓일 때마다 나는 걷잡을 수 없이 밀려드는 무력감 때문에 돌연 우울해지곤 했다. 하나같이 좋은 사람들에 둘러싸여 참으로 사랑받는 사람이었으면서도 어떤 날은 이 모든 따스함이 내 삶을 견딜 수 없이 슬프게 만들었던 것이다. 아마도 그 따스한 미소들은 직면하지 못한 고통의 또 다른 표현이 아니었을까.

작고 마르고 눈에 띄지 않는 외모의 중학생, 특별해지고 싶었지만 아름다운 것들을 동경하는 것 외에는 아무것도 특별히 잘할 수 있는 것이 없어 그저 얌전하고 착한 아이였어야만 했던 시절을 생각하면 한동안은 왠지 모르게 서러웠다. 도무지 스스로를 사랑할 수 없었던 날들, 오로지 이해하지 못할 것들만을 동경하면서 당연하고 자명한 것들은 뭐든 하나같이 싫었던 시절이었다. 거울 안의 나는 못났고 영화 속의 줄리엣-클레어 데인즈나 마틸다-나탈리 포트만은 너무 예쁜 것이 속상해서 철없이 많은 밤을 울었다. 그때의 나의 삶은 총체적 비극이었다. 인간은 '나'라는 존재의 한계를 결코 벗어날 수 없으며 영원히 타인을 경험할 수 없다는 사실이 잔인하게 다가왔다. 그럼에도 불구하고 알 수도 닿을 수도 없는 영원한 무지의 영역, 아름다운 타자의 세계를 마냥 동경하고 있으니 완전한 비극인 것이다. 삶에 대해 아무것도 모르고 태어나 정신을 차려보니 내가 속한 곳은 천지가 온통 비극일 뿐이었다.

한여름 찜통 같은 교실을 기억하고 있다. 서른여덟 명의 단발머리 소녀들이 반듯이 줄을 맞춘 책상 앞에 앉아 있는 풍경이다. 중간고사 답안지를 밀려 적었다고 엎드려 우는 짝꿍이 있고 말도 없이 표정도 없이 그저 어깨를 다독이는 내가 있다. 나는 신중한 성격이라 한 번도 답안지에 실수한 적이 없었기 때문에 그 속상함이 어떤 것인지는 잘 모르겠다. 그래도 우는 아이의 등에 손을 대면 그 울림이 내 몸에 전해지니까 얼마나 아픈 것인지는 감각으로 어렴풋이 알겠다. 토닥토닥 하는 동안 짝꿍의 슬픔이 지릿지릿하게 내 안으로 들어왔다 나갔다 한다. 공명共鳴이다. 몸이 함께 울리니 비로소 그 마음을 알아차린다. 서러움과 원망이 한 심장에서 다른 심장으로 한강 물처럼 밀려들어가는 동안 손바닥은 등을 쓰다듬으며 장단을 만들어낸다.

어째서 어른들은 모든 소녀의 서러움은 같은 성장통이라고 쉽게 말했을까. 우리가 느끼는 서러움의 진폭은 이렇게 다르고 그래서 서로의 서러움이 닿아 공명하는 순간 만들어지는 화음은 아무도 경험해보지 못한 새로운 우주 같은데. 그 순간의 감각적인 경험만큼은 세상에 둘도 없는 유일한 것인데. 영원히 하나밖에 없는 유일한 한 존재의 서러움, 고유한 진폭, 일정치 않은 리듬으로 흔들리던 몸, 교실 안을 잠시 울렸다 사라져버린 흐느끼는 소리. 다시 기억해보니 그 유일한 순간은 프랑스 영화의 한 장면 못지않게 아름다웠다. 몸이 기억하는 한 모든 지나간 순간은 마법같이 되살아나며 영원한 현재가 된다. 그리고 기억에 남아 있는 모든 존재는 유일하고 특별하다. 기억을 더듬으며 다시 서울, 하고 소리 내어 발음해보면 그 여름날 교실의 미지근한 선풍기 바람이 느껴지는 듯하다.

$\emptyset$

서울, 대체 나는 그곳에 무엇을 두고 온 걸까.

서울에 대해 깊이 생각하게 만든 것은 아이러니하게도 이곳 파리에서의 일상이었다. 나는 이곳에서 무엇인가 잃어버린 사람처럼 두리번거리고 서성이는 시간을 보내고 있었다. 나는 무엇을 찾으려고 이토록 본 것을 또 들여다보고 이미 들은 것을 또 귀 기울여 들을까.

선선한 저녁 바람이 부는 대학로 거리를 좋아했다. 마로니에 공원에서 들려오는 아마추어 가수의 노래를 배경으로 삼아 나는 종종 노점에서 이천 원짜리 큐빅 귀걸이 같은 것을 고르곤 했다. 적은 값에 반짝이는 물건을 소유하게 되면 손쉽게 구매한 행복이 하루 저녁 동안의 마음을 다스렸고, 그때 나는 그런 것들을 좋아했다. 때론 그저 기분대로 한 다발의 국화를 사기도 했으며 광화문 서점에 가서 단지 표지가 예쁘다는 이유로 읽지도 않을 소설책을 사 들고 오기도 했다. 향기가 좋은 립밤을 새로 사면 그날 하루는 그럭저럭 행복해졌고 손톱을 다듬고 나면 3일 정도는 어느 부잣집의 귀한 딸래미가 된 듯했다. 쉽게 소유할 수 있는 반짝이는 것들이 넘쳐나던 도시, 유효기간이 짧은 인스턴트 행복을 누구나 구매하던 곳이 바로 나의 서울이었다.

그곳에 사는 동안에는 굳이 고통의 얼굴을 직면할 필요가 없었다. 서울 사람들은 따스한 미소로 마음을 감추고 마냥 친절히 웃으며 '사랑합니다, 고객님'과 '감사합니다, 또 오세요'를 외쳤다. 새 옷을 깨끗이 차려입은 사람들이 한 손에 테이크아웃 커피를 다른 한 손엔 친구의 손을 잡았다. 밝은 조명 아래 하얗고 맑은 피부를 뽐내며 지금 자기 마음 안에 무엇이 있는지를 들여다보는 대신에 언젠가 다가올 미래를 생각하며 환히 웃었다.

쉽게 소유할 수 있는 반짝이는 것들의 시절은 길지 않았다. 스물여덟에 파리에 와서는 동전 한 닢 쓸 때에도 필요에 의한 구매인가, 지금 사야 할 때인가를 놓고 고민하는 습관을 들였다. 타향살이는 마땅히 그래야만 할 것 같아 막연한 자기검열을 시도하던 유학 초기였다. 구매에 앞서 합리를 따지기 시작하니 더 이상 '인스턴트 행복'은 누릴 수 없게 되었다. 그리고 고백건대 한동안은 시장 보러 갈 때 침울함이 따라붙었다. 내게는 아직 수분크림과 립스틱과 핸드크림이 남아 있기 때문에 새로운 것을 살 수 없다는 것이 전에 없이 서럽게 느껴졌기 때문이다. 그러면서도 이따위 소유의 문제로 서러움을 느끼는 나란 인간이 스스로 참 형편없는 속물처럼 느껴지기도 해서 이런 일련의 모순된 감정들이 마음을 괴롭게 하는 날이 많아졌다.

파리에 온 지 4년쯤 되었을 때인가, 한번은 피아노 연습을 마치고 집으로 돌아가던 길에 불현듯 바닥에 혹시라도 동전이나 꽃이나 누군가 부주의해서 떨어뜨린 어떤 물건이 있다면 그게 무엇이든 주워 오고 싶다는 생각이 들었다. 사실 그 무렵 나는 피아노 실기시험을 준비하느라 연습 외에는 다른 생각을 할 겨를이 없었는데 갑자기 이런 엉뚱한 생각이 떠오른 것이다. 멘델스존의 〈Fantasy for piano in F# minor〉의 우아한 선율이 머릿속을 가득 채우는 동안 그 좋아하던 독서도 멈췄고 TV도 눈에 들어오지 않았다. 냉장고엔 언제나 떨어지지 않도록 미리 사 둔 토마토와 사과가 가득하고 가방 안에는 스트레스에 대비한 초콜릿이 가득 있었으니 일용할 양식과 연습해야 할 곡이 정해져 있는 나에겐 더 바랄 것이 없었고 있어서도 안 되었다. 그럼에도 불구하고 음악원에서 여덟 시간의 강도 높은 연습을 마치고 늦은 밤 집으로 돌아갈 때면 필요하진 않지만 일시적으로 기분을 좋게 만드는 무엇인가를 갈망했다. 그런 날에는 당장에 내게 필요하지 않은 물건은 모조리 다 아름다워 보였다. 그리고 나는 공짜이거나 싼값에 누릴 수 있는 무용한 것을 손에 넣고, 만지고, 집으로 가져가 '나의 소유'로 만들고 싶었다.

합리적일 수 없는 이런 갈망을 마주하였던 그날을 즈음하여 나는 바닥을 유심히 보며 걷기를 시작했다. 운이 좋으면 누군가 이사를 하면서 길가에 버리고 간 헌책을 주워 오기도 했고, 또 어떤 날은 비바람에 꺾인 꽃나무 가지를 주워다 화병에 꽂아 놓기도 했다. 그리고 이렇게 값싸고 쓸모없으면서 하루치의 기분을 좋게 만드는 어떤 것을 손에 넣은 날은 이상하게도 서울에 몹시 가고 싶어지는 것이었다. 마치 길에서 주워온 쓸모없는 물건이 서울로부터 날아온 편지라도 된 것처럼, 그 물건에 무슨 한강 고수부지라든가 종로2가의 사연이 담겨 있기라도 한 것처럼 애수에 찬 눈으로 물끄러미 바라보다가 끝내는 십대 시절에 즐겨 들었던 015B라든가 TOY라든가 하는 한국 대중가수의 노래라도 한 곡 들어야 마음이 진정이 되는 것이었다. 어쩌면 나는 길에서 만난 낯선 물건을 만져보며 어린 시절 친구의 등에서 느꼈던 마법 같은 진동을 다시 한번 느껴보고 싶었는지도 모를 일이다.

결코 한순간도 완전할 수 없어 언제나 크고 작은 결핍들des manques을 안고 살아가야만 하는 것이 인간이거늘, 서울에서의 일상은 이 자연스러우며 인간적인 결핍을 좀처럼 가만히 놔두지 않았다. 서울 사람들은 외로움이 끼어들 틈이 없도록 사람과 사람 사이를 빽빽이 하고 혹시라도 고요한 중에 상념에 잠기는 이가 있을까 큰 소리로 안부를 주고받으며 길을 걸을 땐 응원처럼 타인의 어깨를 부딪쳐가면서 서로를 각성시켰다. 너와 나 사이거리낌 없이 모두가 하나로 얽히고 똘똘 뭉친 세상, 결핍과 소진을 채 인식하기도 전에 최신 유행과 신상품이 시선을 점령하는 도시. 잠시의 불편도 짧은 기다림도 없이 원하는 것을 즉시 소유할 수 있는 밝고 빠르고 더없이 쾌적한 도시, 서울.

그곳을 떠나오고서야 나는 비로소 '결핍'을 직시하는 법을 배우기 시작했다.

어떤 것을 소유하고 있을 때에는 그것의 본질을 깨닫지 못하게 되어 있다. 결핍을 경험한 후에야 내가 한때 가졌던 것이 무엇이었나를 되짚어보는 것이 인간의 미련함이다.

피아노를 배우겠다고 낯선 나라에 도착하여 처음으로 자각하게 된 나의 정체성은 비극적이게도 '피아노를 소유하고 있지 않은 피아니스트'였다. 하여 나의 첫 번째 해결해야 할 일은 나의 결핍을 직시하고 백방으로 피아노를 구하러 나서는 일이었다. 방음이 되지 않는 오래된 나의 아파트에는 피아노를 놓을 수 없었기에 연습을 위해 한 시간 반 거리의 학교 연습실을 오가야만 했던 나는 외곽 전철 안에서의 대부분의 시간을 실재하지 않는 피아노를 상상하며 보냈다. 내가 연주하기 위해 달려가고 있는 그 피아노, 또는 나의 상상 속의 절대적인 피아노, 혹은 서울의 우리 집 거실에 있던 오래된 업라이트 피아노…… 내가 꿈꾸고 있는 피아노는 그중 과연 무엇이었을까. 파리에서 나는 나의 피아노를 갖고 있지 않았기 때문에 오히려 모든 피아노를 나의 것으로 상상할 수 있었고, 심지어는 존재하지 않는 상상 속의 피아노를 실재인 양 연주하기도 했다. 바로 그 외곽 전철 안에서 말이다.

때로 나는 피아노가 있던 서울의 집을 생각하기도 했다. 어려서 나의 언니가 피아노를 배우기 시작할 때 들였던 갈색 영창피아노는 잦은 이사 때마다 가장 큰 짐이었다. 피아노는 흰 레이스 장식이 있는 덮개로 덮여 있었고, 그런 것은 어느 집에나 다 비슷했다. 바이엘 상, 하권과 소나티네 앨범과 하농 연습곡이 피아노 위에 올려져 있고 역시 어느 집에나 비슷하게 가지고 있는 기계식 메트로놈이 올려져 있었다. 아주 어릴 때 말썽꾸러기 사촌동생들이 집에 놀러 와서 피아노 건반을 맨발로 밟고 올라가 놀다가 어른들에게 꾸지람을 듣기도 했다. 그 피아노로 나의 언니는 음대생이 되었고, 나는 재즈화성학을 배웠다. 그러나 그 시절에 나는 피아노를 가졌다는 것이 어떤 의미인지 생각해본 적이 없었다. 피아노를 잃어본 기억이 없기 때문이다. 피아노는 늘 거기에 있었기에 오히려 아무 존재감을 드러내지 못했다.

사실 거의 대부분의 서울 사람들의 집에는 피아노가 있었다. 82년생인 내 또래의 친구들은 누구나 어려서 한 번씩은 피아노

학원을 다닌 적이 있었고, 부모들은 아이가 초등학교에 입학할 무렵에 으레 피아노를 들여놓았다. 서울의 서민 아파트에는 그렇게 텔레비전과 비디오데크, 가죽 소파와 4인용 식탁, 그리고 피아노가 있었다. 우리들의 피아노는 어떤 집에서는 장식장이었고, 어떤 집에서는 인테리어 소품이었으며 어떤 집에서는 가끔씩 괜찮은 소리를 내기도 했다. 그렇게 서울에서 나는 수도 없이 많은 '피아노가 있는 집들'을 다녀보았으나 대부분의 집에서 피아노는 중산층의 상징이고 가계의 소유물로서 의미를 가졌지, 그중 어느 집에서도 피아노다운 피아노, 오로지 피아노로서만 존재하는 피아노를 만나보지 못했다.

분명한 것은 어떤 방식으로든—실재로든 정서적으로든— 한 번은 피아노를 완전히 잃어본 적이 있는 피아니스트만이 피아노를 비로소 온전히 인식하게 된다는 것이다. 이것은 깊은 상실로부터 우리가 배울 수 있는 가장 귀한 교훈이다. 늘 함께 해오며 익숙한 피아노는 어느새 자아의 일부로 편입되어 자기 세계 안에 함몰될 뿐 그 어떤 새로운 울림도 만들지 못한다. 그러나 한 번 완전히 사라졌다가 다시 돌아온 피아노는 타자로서 새로이 다가와 공명을 만들어낸다. 화음을 만들어내는 것은 언제나 다른 소리, 즉 타자와의 조화이다. 타자의 소리를 듣지 못하는 피아니스트의, 아니 모든 예술가의 자기 복제는 지옥처럼 끔찍할 뿐이다.

어느 날 다시 돌아온 서울의 집에는 피아노가 없었다. 피아노를 치던 딸들은 출가했고, 엄마는 오래된 피아노를 헐값에 팔았다. 엄마에게 주인 없는 피아노를 소유하고 있는 것은 오히려 어린 딸들의 부재를 상기시키는 고통이었으리라. 차라리 피아노를 팔아버린 후 엄마는 원래 그곳에 아무것도 없었던 것처럼 여기고 비로소 안식할 수 있었을지도 모른다.

피아노가 있던 그 자리에는 대신 화분이 하나 들어와 있었다. 서울의 어느 주부나 거실에 가장 흔하게 들이는 군자란이라는 이름의 식물이었다. 특별히 예쁘지도 않고 그렇다고 못나지도 않고, 잘 죽지도 않지만 마냥 키우기 쉽지도 않은, 적당한 관심과 적당한 무관심이 필요한 식물이었다. 군자란은 십 년에 한 번꼴로 꽃을 피우는데, 평소에는 완전히 잊혀졌다가도 꽃이 피어나고 나면 존재를 숨기기 힘들어진다. 진한 향기가 거실을 가득 메우기 때문이다.

나 또한 외출했다 집에 들어오는데 여태 한 번도 맡아보지 못한 진한 향기가 나서 그 화분의 존재를 알게 되었다. 순진한 나의 엄마는 군자란 꽃이 피었으니 이제 좋은 일이 일어날 것이라고 말했다. 실제로 '좋은 일'과 군자란 꽃 사이에 어떤 관계가 있는지 확인하는 일은 엄마에겐 중요치 않다. 그저 믿음의 눈으로 바라보고 그 안에서 의미를 발견하는 것이 엄마가 살아가는 방식이니까. 그래서 엄마의 믿음은 단 한 번도 엄마의 세계를 벗어난 적이 없다. 그러니까 엄마는 나와는 다르게 언제까지나 행복한 사람이다.

시들지 않는 장미

욕실에 있던 화분이 죽은 후에 그 자리에 다시 올려놓게 된 화분은 절대로 죽지도 시들지도 않는 분홍 장미였다. 사실 이 장미는 여느 화분들처럼 꽃시장을 돌며 사색 중에 선택한 동거 식물이 아니라 시내의 인테리어 잡화점에서 사 온 플라스틱 조화이다. 샤워 커튼과 화장실 휴지걸이를 사면서 무심코 함께 담아온 것인데, 우리가 알고 있는 장미의 모든 순간 중에서도 가장 아름다운 찰나를 재현한 이 가짜 꽃은 그래서 언제나 동일하게 싱그럽고 아름답기 그지없으나 어쩐지 차갑고 매정한 여인처럼 섬뜩한 기분을 안겨주기도 하는 이상한 물건이다.

모든 살아 있는 생명은 흐르는 시간의 리듬을 타고 때론 경쾌하게 때론 서글프게 존재의 춤을 춘다. 사라져가는 순간들이 아쉬워 사진도 남기고 글도 남기면서 사람들은 영원한 것을 꿈꾸다가, 사라져가는 것이 유난히 고통스럽게 느껴지는 어떤 날에는 절대적으로 아름답고 영원히 사라지지 않는 존재를 갈망하기도 한다. 그리고 그곳에 필연적으로 '만들어진 신'이 있다.

어쩌면 그래서 인간이 만나고 싶었던 신은 실재하며 살아 있는 신이 아닌지도 모른다. 생명이 있는 대상을 상대하는 것은 어떤 날에는 꽤 귀찮은 일이기 때문이다. 끝없이 변덕스러워서 스스로를 파악하는 것조차 쉽지 않은 마당에 타인을 만나 관계를 갖는 것은 굉장히 피곤해지는 일이다. 게다가 만약에 영원히 살아 있는 아름다운 존재라는 신이 까다로운 일본식 정원의 분재나 파크플로랄le parc floral de paris의 튤립처럼 모든 정성과 노력을 기울여야만 겨우 만날 수 있는 고귀한 생명이라면, 티벳의 고승이나 오지의 선교사 말고는 그 누가 신을 만나는 것을 즐거워할까.

그래서 사람들이 만들어낸 신은 한결 만나기 쉽고 유쾌하다. 언제나 나와 같은 취향을 가진, 언제나 나의 편이고 영원히 나에게 친절한, '좋으신 주님' 말이다. 그렇게 만들어진 신은 필요한 모든 곳에 늘 다정히 동행해야 하고 내가 부르기 쉽고 어감이 좋은 이름도 갖고 있어야 하며, 사랑하거나 질투하거나 분노하는 성격도 때론 나와 비슷해서 신의 모든 일들을 기꺼이 이해할 수 있어야 한다. 한편 어떤 이가 만든 신은 기대가 무너지고 절망이 깊어진 날들을 지날 때 바라볼 만한 것이 되어주기 위해 나무로 만든 형상을 하고 있거나 부드러운 화풍의 그림 안에 갇혀 있다. 한낮의 햇살처럼 따스하고 자애로우며 레모네이드처럼 달콤한 우리의 신들, 내 욕실의 장미처럼 죽지도 변하지도 않는 생명 없는 신들.

그러나 영원을 사모하는 마음으로 최상의 아름다움을 박제하여 만든 그 '이상적인 것들'은 바라보면 바라볼수록 그 안에 생명이 없음을 상기시키며, 죽음을 기억하게 만든다는 것이 참 아이러니할 뿐이다.

이 식물이 내일 죽는다면

이방인의 생일은 미지의 날이다. 알 수 없는 먼 나라에서 난 사람의 생일을 기억하며 축하해주는 사람들은 잠시나마 상상으로만 존재하는 먼 나라의 일들을 생각했을지 모른다.

너는 손톱만 한 바이올렛 꽃이 소복히 피었던 화분이다. 유난히 정 많고 이방인을 환대할 줄 아셨던 카샹음악원의 카린 교수님이 나의 생일에 주신 선물이었다. 낯선 나라에서 온 제자를 위해 그녀가 건넨 꽃들이 이토록 신비로운 연보라색인 것에 감탄하며, 나는 재즈 편곡 수업의 첫 과제로 슈만의 〈어린이의 정경〉 중 〈미지의 나라들〉을 내주셨던 그녀를 생각했다. 그녀에게 어쩌면 이 바이올렛 꽃은 미지의 나라에서 피어나는 꽃을 의미했는지도 모른다.

이 화분이 다 죽어가고 있는 것은 바캉스 동안 집을 비운 3주를 아무 대책 없이 그냥 그렇게 방치한 나의 불찰이다. 어쩌면 이렇게까지 되진 않을 수도 있었다. 이런 상상을 해보는 것마저 죽어가는 너에게는 염치없는 일이지만, 만약 내가 이웃집에 부탁해 일주일에 한 번씩 들러서 내 화분에 물을 줄 수 있겠냐고만 했었더라도 너는 괜찮았을지도 모른다. 그런 건 사실 전혀 어려운 일도 아니고, 어렵다 했어도 너에 대한 절실함만 있었다면 나는 충분히 했을 것이다. 내게 어떤 그럴싸한 핑계가 있다면 모르겠는데, 미안하게도 어떤 이유도 변명도 없다. 모든 것이 그저 내 게으름 탓이기 때문이다. 이 하잘것없는 게으름의 영향력이 생명의 존귀함을 이토록 어이없이 이겨버릴 줄을 차마 몰랐던 것이다.

사실, 화분에 물을 주지 않으면 곧 죽게 된다는 사실은 누구에게나 상식이지만 이것을 '오늘 내가 게으름을 부리면 누군가가 죽는다'라는 무거운 진실, 개별적 원리로 받아들이고 내재화할 만큼 도덕적으로 탁월한 인간은 이 땅에 별로 없다. 나라고 별수 있었겠는가. 나는 재활용 쓰레기 분리수거도 귀찮아하고 플라스틱이 바다거북의 생명을 위협한다는 것을 알면서도 오늘도 장바구니 대신에 시커멓고 질긴 비닐봉지에 장을 본 인간이다. 그러니 언젠가 불의의 사고로 바다가 나를 삼켜 바다거북이의 밥이 된다 해도 나는 억울하다 말할 수 없을 것이다. 그래서 모든 애석

한 일들은 어찌 보면 다 그런 것인지 모르겠다. 게으름과 탐욕과 끝을 모르는 복수심 같은 일차원적인 감정에서 비롯된 일들.

그러니 내가 미안하다. 내가 안일했다. 죽지 마라. 만약 네가 죽는다면 나의 한낱 게으름은 결과적으로 씻을 수 없는 죄가 되어버릴 것이다. 그렇게 되면 신약성경의 로마서에 기록되어 있는 "죄의 삯은 사망."이라는 정언은 나의 경우에 "네 게으름이라는 죄의 결과는 너의 화분의 죽음이다."로 재현되어 그런 류의 말씀의 거룩함과 권위에 무색할 만큼 낮고 비천한 이 땅에까지 그 영향력이 닿아 이토록 사소하게 내 삶 안에 떨어질 것이다. 그리고 이런 식으로 심오한 진리가 사사로이 체화되어가는 신비롭고 놀라운 일상을 겪게 된다면 나는 자연히 내 삶을 포함한 인생의 모든 신비한 비밀과 원리들을 냉소하게 될 것이다.

나는 네가 살았으면 좋겠다. 너의 삶을 위해서, 그리고 나의 평화를 위해서. 만약에 네가 말할 줄 아는 사람이었거나 짖을 줄 아는 개였거나 품에 안겨드는 고양이었다면, 하다못해 의미 없이 말을 따라 하는 앵무새나 어항 안을 날마다 순례하듯 헤엄치는 금붕어였다면 나는 결코 그렇게 무심하게 대하지 못했을 것이다. 단지 나의 동거 식물인 너는 소리도 없고 움직임도 없이 고요한 가운데 너 자신의 삶을 살며 나를 방해하지도 내 삶을 바꾸려 하지도 않았을 뿐이다.

어쩌면 너는 나의 손길을 기다렸을지도 모르겠다. 너는 목이 말 랐고 아팠으며 내가 한번 돌아봐주기를, 그저 분주히 바쁜 일상 을 사는 중에라도 단 한 번 잠시 멈추어 마른 흙에 물을 좀 적셔 주기를 바랐는지도 모른다. 그러나 너는 참 미련히도 참을성을 보 였고 아무것도 해준 게 없는 나를 그저 믿었으며, 나의 무심함에 도 끝없는 인내와 배려를 보여주었다. 그런데 나는 너의 사려 깊은 침묵을 사랑하면서도 너를 살리려는 일에는 무지하고 게을렀다.

인간이란 그런 존재이다. 자신을 깊이 이해하고 용납해주는 대 상에게 고마움과 미안한 마음을 느끼면서도 그 은혜를 어떻게 갚아야 할지는 일단 좀더 자고 나서 내일 아침에 생각해볼까 하 는 게 대부분 인간의 게으름이다. 오히려 자신을 괴롭히고 삶을 엉망으로 만들어놓는 상대에게는 꼼짝을 못하고 '귀찮아서라도' 그 요구를 들어주면서 말이다. 정말 인간이란 너무나 어리석게도 자신을 존중해주지 않는 상대에게 오히려 정성을 다하고, 사랑 없이 자신을 지배하려는 상대에게 매료되며, 잠잠하고 고요한 일 상을 살 수 없도록 괜시리 마음을 흔드는 대상이 나타나면 그에 게 자기 영혼까지 내어주기 일쑤이다. 그러는 동안 이 어리석은 인간들은 자신을 있는 그대로 존중하며 배려해주는 사려 깊은 존재를 알아보지 못하고 그저 허망하게 떠나보내곤 한다. 나라고 별수 있었겠는가. 나도 그저 범인 중 하나이고, 우리는 그렇게 허

구한 날 아름다운 식물들과 먼 바다의 거북이를 죽이면서도 아무 죄책감 없이 건조한 말투로 자기 집의 화분이 어느 날 갑자기 저 혼자 말라 죽었고 그나저나 뉴스에서 본 바다거북은 참 불쌍하다고 말하는 것이다.

가끔은 누가 나의 진정한 동반자인가를 알면서도 무심해질 때가 있다. 그 역시 원인은 지독한 게으름이고 묵묵한 지지자들에 대한 몰지각이며 즉 배은망덕이다. 내 인생에 있어 가장 큰 지지자란, 대부분의 사람이 그렇듯 가족, 특히 엄마이다. 엄마들의 특징은 사소한 일로 자식들 신경 쓰게 만드는 것을 극도로 조심스러워하여 웬만한 갈등은 자기 속으로만 앓거나 문제가 다 해결된 후에야 다 지난 이야기를 해준다는 것이다. 엄마는 내가 바쁠까 봐 연락을 하고 싶어도 늘 눈치를 보고, 어쩌다 전화를 하면 네가 바쁠 테니 얼른 끊자고 하며, 요새 힘들다는 한마디에 자기 적금을 깨어 생활비를 송금해주면서도 이것밖에 못 도와주어 미안하다는 쓸데없는 말을 덧붙인다. 그리고 내가 뭘 하고 지내며 어떻게 사는지 꼬치꼬치 캐묻지 않으려고 노력할 때에는 차라리 감쪽같이 연기를 잘하면 모르겠는데, 궁금한 것이 많으면서도 묻지 않으려고 애쓰는 것이 너무나 표가 나게 느껴져서 민망하기도 하다. 어쩔 땐 그래서 내가 도리어 화를 내며 하고 싶은 말이 있으면 하고, 전화를 하고 싶으면 언제라도 하라고 짜증을 내보기도 했는데, 그렇다고 해서 엄마가 달라질 리가 만무하다. 엄마는 언제까지나 엄마이다. 늘 미안해하고, 방해하기 싫어하고, 어렸을 적에 엄마가 뭘 못해준 것이 이제까지 마음에 걸린다며 그래서 늘 죄인처럼 작은 목소리로 엄마가 미안하다고 말하기까지 한다. 그러면 나는 또 그런 말이 듣기가 싫어 이런저런 핑계로 전화를 끊고 한동안은 연락을 피하기도 한다.

아무래도 엄마가 내게 미안하다고 하는 것은 어렸을 적에 피아노 학원을 그만두게 한 것 때문인 듯하지만, 그건 엄마의 잘못이 아니었다. 나는 어린 나이였지만 우리 집 형편에 음악을 한다는 것이 말도 안 되는 사치라는 것을 알았고 그래서 별다른 미련 없이 꿈을 접을 수 있었다. 물론 속으로 서운하고 아쉬운 마음이야 없지 않았지만 그렇다고 철없이 누구를 원망한 적은 없었다. 그런데 뒤늦게 내가 다시 피아노를 공부하게 되자 엄마는 그제야 많이 울었다. 엄마 때문이 아니었다고 말한들 그 서러움이 다 없어질까. 그저 나는 그 마음이 참인 것을 알아 더욱 불편할 뿐이다. 어떤 참은 거짓보다 더 불편하다. 엄마의 마음이 참인 것을 알고, 그것은 언제까지라도 변하지 않을 것을 믿기 때문인지 몰라도, 그 참다운 마음을 돌아봐주고 귀하게 여기며 감사를 되돌려주는 일은 언제나 내일로 미루게 된다. 다 알겠는데, 지금 말고 내일 아침에나 다시 생각해볼까 하는 것이다. 그리고 아침이 되면 화분에 물 주는 것을 잊고 바다거북을 위해 에코백 장바구니를 챙기는 것도 잊으며 그렇게 엄마도 잊는다. 사라져가는 것을 실제로 보지 않고는 사라짐을 인식하기가 어려운 걸까. 갑자기 이렇게 죽어가는 식물을 보니 다시금 인간에게나 식물에게나 시간이라는 것은 무한정으로 주어진 것이 아니라는 사실에 이제사 겁이 나는 걸 보면 참 한심하다. 만약, 이 식물이 내일 죽는다면 나는 얼마나 울게 될까. 만약에 엄마와 나에게 내일이 없다면 나는 과연 울 자격이나 있을까.

절박한 마음이다. 이제 와 죽어가는 화분에 다시 물을 준다. 모든 위대한 인생의 명제들아, 내 삶 안으로 추락해봐라. 선한 이에게나 악한 자에게나 늘 공평하게 내리운다는 빗줄기와 바람과 햇빛처럼 언제나 변함없는 원리로 삶과 죽음을 가르는 자연의 모든 법칙들아, 예외 없이 내 작은 삶으로 떨어져라. 그래서 보잘것없이 이 땅에 있으나 없으나 한 나의 인생에 기어코 고통을 안겨라. 위대한 재판관인 양 내 삶을 판단하고 벌을 내리려는 게 과연 대자연이라면, 그 앞에서 나라는 피의자는 얼마나 하잘것없는 잡범인가. 나의 게으름에 대한 재판에 대자연의 법관이 관여하는 것은 철부지 애들을 놓고 어른이 골목대장 노릇하는 것만큼이나 의미 없고 우스운 일이다. 그러니 위엄에 찬 대자연이 스스로의 권위가 부끄러워서라도 집행유예를 내리길 바라는 것이다. 우리 동네 경찰들도 웬만큼 시시껄렁한 시비꾼은 귀찮아서라도 훈방, 귀가 조치하던데 말이다. 내가 뭐라고 위대한 자연의 심판 앞에 선단 말인가. 기껏해야 빵과 탄산수를 사고 마트에서 커피나 고르고 화장실 휴지나 떨어지지 않게 제때 채워놓으려 애쓰는 것 외엔 딱히 하는 일도 없고 생각할 것도 없는 밤하늘같이 어둡고 심심한 인생일 뿐인데. 위대한 자연의 법과 신이 정한 원리들아, 나의 초라한 아파트와 내 화분의 실상을 알면 정말 비참하고 민망할 테니 웬만하면 눈 감고 그저 넘어가는 게 좋을 것이다. 오랜 옛날 이스라엘의 역사에는 유월절 밤에 죽음의 재앙이 온 나라를 덮었으나 어떤 집들은 그저 넘어간 적이 있다고 했다니 아주 전례가 없는 이야기는 아닐 터. 그래도 뭔가 조건이 불충분해 용납이 안 된다면 비루한 내 삶에 모든 삶의 귀한 원리들이며 위대한 격언이며 교훈들아, 쏟아져 내려와 차라리 이 인생을 압도해라. 그래서 쓰나미처럼 내 삶을 흔적도 없이 쓸어가 버려라. 그러면 나는 그 위대한 진리들을 읽고 듣고 느끼고 명상하고 체화體化하여 마침내 온 맘 다해, 온 힘을 다해 저 위대한 90상팀짜리 바게트를 사러 가겠다. 그 일을 위해 무려 세 번째 서랍에서 거룩한 양말을 꺼내 신을 테다. 또한 집에 들어오는 길에 개선장군 못지않은 힘찬 걸음으로 담대히 관리실에 들러 나를 위하여 우편물께서 강림하시었는지 확인하겠다. 그렇게 나는

81

있는 힘을 다해, 경건한 마음과 모든 정념으로 내가 얼마나 하찮게 살아갈 수 있는지 보여주겠다.

다시 물을 주며 또 나는 만약에 모든 자연 법칙을 거스르는 '기적' 같은 일이 내 화분에게 생기면 어떨까도 상상해본다. 누렇게 마른 잎이 내일 아침이면 거짓말처럼 푸르게 돌아와 있는 상상 말이다. 나는 어딘가에서 들었던 신비로운 이야기들, 그러니까 간절한 기도 끝에 죽었다가 다시 살아난 아프리카 어느 부족의 추장 이야기라든가, 하루아침에 암세포가 완전히 사라졌다는 한 전도사의 간증이나 심지어 이스라엘을 위해 태양이 멈추었다는 구약성서의 전설 같은 기록을 떠올리며 그런 일들은 과연 누구에게 일어나는 것일까를 고민한다. 그들에게는 자연의 법칙이 빗겨나갈 만한 합당한 이유가 있었을까? 그런데 합당함이란 대체 뭐고, 나와 내 식물과 내가 모르는 바다거북과 우리 엄마는 뭘 더해야 합당해지는 걸까? 그리고 그런 게 있기는 한 걸까?

아니, 백번 고쳐 생각해도 그럴 리가. 세상에서 일어나는 일에 합당하고 아니고를 가르는 기준이라는 것은 애초부터 인간이 접근할 수 있는 영역이 아닐지도 모른다. 자연은 우리가 이해할 수 없는 자기만의 규칙대로 운행 중이고, 인간은 그저 우리가 이해한 데까지만 설명하거나 때론 이해할 수 없는 것을 받아들이거나 할 뿐이다. 그리고 이유를 알 수 없이 찾아오는 고통에 대해서는 많은 이들이 침묵한다. 이와 같은 때에 만나는 침묵, 그 세계는 참 신비로우며 침묵 가운데 고통을 겪는 이웃에게 연민을 느끼는 인간의 선한 감정 또한 그래서 설명할 수 없이 신비롭다.

그러나 나는 여전히 믿는다. 주기적으로 자기 삶을 비웃을 수 있는 자가 살아남는다는 믿음이다. 선하고 부지런한 이웃들은 부유하게 오래오래 살 것이고 악하고 게으른 자들은 빈곤하고 짧은 삶을 살 것이며, 타인의 삶을 공연히 기웃거리는 자는 자기 인생보다는 남의 삶을 대신 살 것이고 고통 가운데 사는 자는 보너스 선물처럼 연민의 마음 안에서 살 것이다. 그 와중에 스스로를 희화戲化할 줄 아는 유머는 굉장한 능력이다. 구제불능의 자아의 세계에 매몰되지 않고 마침내 자신을 제3자의 시점으로 바라볼 줄 알기에 웃음이 터지는 것이다. 자아의 한계를 극복한 인간은 이미 다른 존재로 거듭난 자이다. 유머를 배운 사람은 죽음과도 같은 자아의 함몰로부터 구사일생으로 건짐을 받아 부활을 누릴 것으로 믿는다.

어찌 됐든 화분아 살자, 네 까짓 것도 기어코 살아난다는 것을 보여내라. 그리고 나도 좀 그렇게 살자. 그저 물 마시고 그저 아침 해를 보면서 그것만으로 충분하다고, 더 이상은 사치라고 말하면서 살자. 나도 그럴 것이라고 약속한다. 그러니 살아나라. 살아나라. 내가 미안하다. 정말 미안하다.

속물근성

우리 집에 식물이 있다고 말하면 어떤 사람들은 꽤 근사한 정원을 가꾸는 줄로, 아니면 테라스에 드리워진 붉은 제라늄이나 히비스커스나무를 말하는 줄로 여겼다. 처음에 나는 그럴 리가 없지 않냐고 그들 모두에게 정색을 하며 내 집은 정원이 있는 메종maison(프랑스식 단독주택)이 아니라 파리 시내의 서민들이 사는 25제곱미터의 침실 한 칸짜리 아파트일 뿐이며 거기에는 심지어 아주 작은 발코니조차 없어서 내 가여운 식물들은 간신히 창가에 놓인 채 햇볕을 쬘 뿐이라는 초라한 진실을 말해주는 것이 옳다고 믿었다.

그런데 가만 보니 나의 순진한 태도 탓인지 사람들의 관심은 이내 나의 식물에서 나의 생활 형편으로 옮겨져, 그 동네는 메트로가 다니는 중심지인지 외곽 전철RER을 타야 하는 외곽인지, 이웃에는 어떤 사람들이 사는지, 월세 수준은 어떻고 정부에서 주는 주택보조금은 얼마나 받고 사는지, 내가 하고 있는 일은 정규직인지 계약직인지 같은 그들이 내심 궁금했던 부분을 스스럼없이 물어보는 것이었다. 그리고 그런 류의 질문에 하나하나 정직하게 대답을 해주다 보면 어느새 그들은 나의 식물에 관해서는 잊어버리고 대신 나의 조그마한 아파트와 보잘것없는 살림의 규모만을 상상하고, 그것을 또다시 떠들어댔다.

그러면서 사실상 내가 돌보는 작은 식물들을 진심으로 궁금해하는 이들이란 거의 없다는 것을 알게 된 후로, 또 한편으론 나의 소박한 생활에 대한 솔직하고 덤덤한 고백이 복잡한 인간관계들 속에선 그다지 유쾌한 결과를 만들지 않는다는 것을 경험하고 나서, 그들에게 파리의 내 아파트와 식물에 대한 사소한 진실을 말해주기보다는 무엇을 상상하든 그저 그렇게 내버려두는 편을 선택하게 되었다. 그러면 나는 적어도 어떤 이의 상상 안에서만큼은 타샤 튜더의 것과 같은 근사한 영국식 정원을 갖게 될 수도 있었으며, 상상만으로도 멋진 테라스와 간이 의자, 그리고 정원용 티 테이블을 소유한 여자로 여겨질 수도 있었으니, 어떤 사소한 진실은 밝히지 않는 것이 어떤 면에선 나에게 더 나았다. 상상 속에서나마 부유한 계급에 속해보는 것은 솔직히 말해서 전혀 불쾌하지 않았기 때문이다. 불쾌하다니 천만에, 사실 즐겁기까지 했다.

누구나 내면에 거짓과 허영이 가득 찬 사람은 싫다고 말하지만, 그런 사람들이 우리를 좋게 여기고 있는 것마저 싫어할 사람은 아마 없을 것이다. 그리고 내 식물이 얼마나 작고 여리고 볼품없이 못생겼는지 말해주는 것보다 그저 "집에 식물을 키우는 것을 좋아해요."라고만 말하고 나머지는 사람들이 알아서 상상하게끔 내버려두면 내 작은 식물들도 은근히 으쓱대며 마음속으로 '식물의 키가 얼마나 작은지는 언급하지 않았으니, 어쩌면 저들은 나를 튈르리 정원의 너도밤나무쯤 되는 것으로 생각할 수도 있겠군.' 하고 있을지도 모른다는 생각이 든다. 그리고 나 역시 타인의 상상을 빌려 거대한 정원을 가진 부유한 파리지엔느가 된 체할 때도 있다. 그래봐야 기껏 서른 좀 넘어 보이는 혼자 사는 동양 여자를 보고 파리 근교의 그럴싸한 샤토Château(프랑스의 성城 또는 포도주 양조장)를 상속받았다고 상상할 사람은 아무도 없을 테고, 최대한 상상의 나래를 펼친다 해도 파리 동남쪽 외곽에서 운 좋게 싸게 나온 메종을 구해서 베트남이나 중국 사람들과 위아래 층을 나눠 쓰며 뜰에 체리나무쯤 가꾸는 여자로 여길 것이 뻔하지만 말이다. 그러더라도 나는 굳이 그들의 상상을 방해하지 않는다. 물론 거짓말을 할 수는 없지만, 사소한 진실에 대해 잠시만 침묵하면 나는 타인의 짧은 상상 안에서 마당의 체리나무건 베르사유 정원이건 무엇이든 가질 수 있게 되는 것이다.

확실히 사람들은 가난뱅이 예술가보다는 근본은 몰라도 돈 냄새는 좀 나는 사람을 더 환영하게 마련이다. 내가 사람들 사이에서 보다 환영받는 인물이 되고 싶은 마음을 그 누가 나무랄 수 있을까. 그러니 오늘도 나에 대한 초라하고 사소한 몇 개의 진실들은 알 듯 말 듯한 미소와 함께 침묵 아래 감추기도 하고, 나 역시 어느 날 침묵 가운데 그저 웃고 있는 사람을 보면 많은 것을 캐묻지 않으면서 그에 대해 마음껏 상상해보기도 한다. 어쩌면 그것이 그가 원하는 바일지도 모르기 때문이다.

사람들의 사랑과 관심을 먹고 사는 우리 같은 음악가들은 피상적인 인간관계에 신물이 나면서도 그것을 전면으로 부정하고 끊어내지는 못한다. 음악은 어쨌거나 들어주는 이가 없으면 의미 없는 것이며, 더 현실적으로 말하자면 듣는 이가 없을 때 음악가는 수입이 없어 먹고살 수 없기 때문이다.

그래도 다행인 것은 진실하고 겸손한 이들뿐만 아니라 허영과 가식뿐인 속물에게도 음악은 마치 바람과 햇살처럼 반드시 필요한 은총이라는 것이다. 그리고 음악가들은 그것이 음악이 필요한 순간이라면 사랑하는 이의 영혼이나 순수한 동심과 거룩하신 주님을 위해서 노래하는 한편 자본가의 배를 불려주는 광고 음악도 만들고 강남 스타일의 오빠를 칭송하는 노래도 충분히 만들 수 있다. 그 타협을 전혀 더럽다 할 수 없는 이유는 사실 알고 보면 이것은 타협이 아니라 음악이 가진 일반적 속성이기 때문이다. 물질이 서로 부딪히면 울리고 소리가 나는 것은 자연의 속성일 뿐인데, 위선자나 속물 앞이라고 소리가 울리지 않고 가난하고 고매한 인격 앞이라고 더 크게 울리고 한다면 음악이라는 것은 자연에 존재할 수가 없다. 음악은 바람과 햇살처럼, 언제나 어디에서나 누구의 앞에서나 울려 퍼진다. 음악가는 누구를 위해 음악을 하는가? 이것은 의미 없는 질문이다. 사실은 그 누구도 위하지 않는 것이 음악이기 때문이다. 음악은 소리가 필요한 순간을 위해, 음악 그 자신이 울려지기 위해 음악가를 통하여 울림을 만들 뿐이며, 울림을 들어주는 이가 그 누구든 가리지 않고 환영할 뿐이다. 소리는 소리일 뿐, 소리 현상은 그렇게 울리도록 설계된 대자연의 질서일 뿐, 거기에는 아무런 도덕적 의미가 없다.

그리고 아무리 속물적 인간이라도 자기 음악을 반겨주고 즐거이 들어준다면 음악가는 자연스럽게 그를 좋아하게 되어 있다. 음악을 만드는 사람도 역시도 자연의 일부이고, 자연스럽다는 것은 역시 그런 것이기 때문이다. 자기를 먹고살게 하는 쪽으로 몸을 굽히는 것, 마치 나의 식물이 해가 드는 창 쪽으로 고개를 기울이듯이.

음악에는 크게 관심도 없을뿐더러 교양 없이 잘난 척만 하는 속물적 인간 하나가 거드름을 피우며 본인이 어떤 위치에 있는 얼마나 힘 있는 사람인지 과시할 때에, 많은 음악인 동료들이 속으론 그를 경멸할지 모르지만 적어도 겉으로는 좋은 인상으로 깍듯이 대하며 언젠가 중요한 자리에서 음악이 필요할 때에 자신을 찾아달라고 겸손히 말한다. 그렇게 해서 우리는 행사에도 가고, 높은 사람들 앞에서 노래도 부르고, 힘 있는 사람들도 만나고, 후원도 받고 음반도 낸다. 물론 마음으론 그 속물들의 세계를 경멸할 수 있어도 말이다.

어떤 속물적인 작자는 그저 음악가가 어느 대학을 나왔는지, 어디에서 유학을 했는지 같은 껍데기만 읽어보고는 그의 음악을 듣기도 전에 단정 짓기도 하기도 하는데, 그런 일을 당한 이들은 저따위 저질스러운 가치관을 가진 인간의 혹평 따윈 아무 의미 없다, 라고 말은 하면서도 속으로는 저 인간이 다시는 나를 무시하지 못하도록 언젠가 큰 무대 위에 서서 본때를 보여주리라 하며 빛 한 줄기 들지 않는 지하 연습실로 달려가곤 한다. 두 주먹 쥐고 이를 악물고. 그렇게 해서 탄생한 수많은 불후의 명곡의 씨앗은 사실 자기를 비웃었던 이들에 대한 극한 복수심과 마음 깊은 곳의 속물근성이라는 것은 공공연한 비밀이다.

모든 사람들은 겉으로 드러나건 드러나지 않건 어느 정도의 속물근성을 가지고 있다. 사실 가장 고매해 보이는 예술가들이야말로 허영심 많고 과장하기를 좋아하는 속물들의 가장 좋은 친구일 수도 있다. 속물들만큼이나 예술가를 효과적으로 자극시켜 작업에 몰두하게끔 하는 존재도 없으며, 또한 속물들만큼 예술을 위해 돈을 펑펑 쓰는 이들도 없기 때문이다. 사실 합리적이고 정직한 사람들은 일상을 살고 성실히 노동하는 것 이상으로 추상적 예술작품을 감상하는 것에 특별히 더 큰 의미를 부여하지 않는다. 그들의 소박한 일상이 예술보다 더 많은 진실을 맑고 담담히 담고 있기 때문이다. 오히려 노동하지 않으면서 남에게 어떻게 보일까만을 고민하는 속물일수록 차원 높은 정신세계와 고급 예술의 수호자인 것처럼 자신을 포장하는 경우가 더 많다. 그러니 생존의 문제에 있어서 언제나 청중이 아쉬운 음악가들은 주로 이 속물들의 허영이라는 그늘 아래에 둥지를 튼다. 그리고 역설적이게도 이렇게 탄생하는 음악이 세상을 울리는 맑고 진실한 노래가 된다. 어쩌면 이것이 자연스러운 섭리인지도 모르겠다. 늘 이런 식으로 귀한 것들은 언제나 가장 천박한 곳에서 만들어지니까 말이다. 그리고 음악은 그렇기 때문에 더욱, 진실한 영혼에게나 거짓투성이 속물에게나 동일하게 주어지는 은총이 되어 모두의 귀에 울려 퍼지는 것이다.

그런 날

'사랑을 잃고 나는 쓰네.'로 시작하는 기형도의 시를 많이 생각했다. 소중했던 것을 잃어버리고 나서 섭섭한 마음에 무엇이든 되는대로 끄적끄적 적어보는 것이 꼭 내 마음 같아서 그랬다.

잃어버린 것이 마음을 쓰리게 하던 날에는 수영을 하고 다자이 오사무의 패배주의와 허무로 가득한 소설을 읽고 일부러 정처 없이 걷고 또 걸으며 에너지를 소진시키고, 그러고도 잠이 오지 않아서 나는 끄적끄적 글을 썼다. 그런 날에는 모든 소리가 쨍그렁, 짤랑, 끼이익, 하고 듣기 싫은 경음硬音으로만 들려서 음악도 싫고 피아노도 싫었다.

매일 일기를 쓰던 날들이 있었다. 내가 스스로를 관찰하는 방

법이었다.

'그때, 그것은, 그렇기도 하고 또 그렇지 않기도 하고, 그것은 아니라고 말해주는 것도, 그렇고 그런 것도 그렇기도 하고 그래서 그만 그러자고 그럴수록 그렇게 그토록 그대를……'

과민해지기 시작하면 일기장에 지시어가 많아진다. 마음이 길을 잃어버리고 이리저리 헤매고 있을 때의 증상일 것이다. 나는 마음과 정신이 허약한 사람이어서 그런 날에는 더 자주 그렇게 그럴 수 있다. '그렇게 그럴 수 있다'라니, 내가 또 그런다.

'그런 날'들은 어쨌든 그렇게 지나가서 결국은 오늘이 되었다. 흐르는 것은 시간뿐이 아니었다. 육체는 수분을 잃어 줄어들었고 감정도 함께 메말라 나는 이제 다시는 젊고 싱그럽지 않으며 늘상 '다 그런 거지.' 하고 무표정하게 고개만 젓는 인간이 되었다. 정말로 흰머리가 늘었고 자주 찡그리는 습관 때문에 눈 위 이마에는 없어지지 않을 것 같은 주름도 잡혀버렸다.

이러다가 어느 날 죽는 것일까, 혹시 나도 모르는 새 죽을병에 걸린 것이면 어쩌나 막연한 두려움에 짓눌릴 때도 있다. 무엇이 나를 이토록 나이 들고 아프게 한 것일까. 그리고 무엇이 나를 결국 죽게 만들까. 커피에 한 스푼씩 넣었던 설탕과 급히 끼니를 때웠던 중국 음식과 인스턴트 라면, 막스 앤 스펜서에서 문 닫기 전 초특가 할인할 때만 사 먹었던 초콜릿 쿠키가 몸에 쌓이면 죽음에 이르는 병이 되는 걸까. 아니 어쩌면, '그런 것들이 다 부질없다.'라고 혼자 중얼대고, '의미 없지, 의미 없어.' 하면서 꿈도 멈추고 노래도 그치고 미소도 거두고 친절도 배려도 이해도 공감도 다 잊어버리고 그냥 살아 있으니 사는 것뿐이라고 여기는 날이 늘어나면 '그런 날'들이 결국 사람을 죽게 만들어가는 것일까. 그래, 어쩌면 병도 아니고 늙음도 아니라 절망이 쌓여 사망에 이른다. 절망, 그것은 마음이 잃어버린 것을 향하고 있을 때 일어난다. 마음이 지금 여기에 있지 않고 지나가서 다시는 돌아올 수 없는 것을 향해 울고 있는 것이 절망이다.

식물들의 마음

나의 식물은 잘도 큰다. 내가 무엇인가를 잃어버리고 지시어가 가득한 일기를 쓰는 밤에도 식물은 눈에 보이지 않게 조금씩 자라고 있다. 대체 언제 그렇게 크는 것인지 확인해보겠다고 눈을 아무리 크게 뜨고 있어도 그 성장을 눈앞에서 볼 수는 없다. 성장은 어디까지나 비밀스러운 것. 식물이 키가 크는 것도, 피아니스트의 기량이 느는 것도 아이들이 세계를 이해하게 되는 것도 너무 조금씩 움직이는 것이라 도무지 눈으로는 보이지 않는다.

중요한 것은 눈에 보이지 않는다고 『어린 왕자』에서도 여러 번 말했다. 어쩌면 대부분의 중요한 것들은 너무 작아서 눈에 잘 띄지 않는다는 말일 수도 있다. 그리고 또한, 누가 보거나 말거나 일어날 일들은 결국 일어나고야 만다는 뜻일 수도 있다. 내가 하루 종일 식물의 씨앗을 마냥 바라보고 있는다고 싹이 트는 것도 아니고, 또 그냥 무심히 둔다고 갑자기 죽어버리는 것도 아니다. 타인의 시선으로부터 완전히 자유로워서 오히려 끈질기게 바라보면 그 앞에서 까맣게 죽어버릴 자유와 숨 죽이고 바라보는 가운데 꽃이 피어날 자유를 함께 가지고 있는, 적당히 나약하고 적당히 건강해서 빛과 그림자의 조화처럼 아름다운 나의 식물들은, 동거인의 사소한 행동과 눈길에 연연해하지 않으며 그저 자기 생이 가야 할 길만을 꿋꿋이 간다. 모든 생명의 비밀은 오직 저 하늘만이 아는 것. 나의 동거 식물들의 마음이 저 하늘에 닿아 있는 동안, 미련한 나의 마음은 어디에 있는가.

부끄러울 뿐이다. 나는 시선이 미치지 않는 곳에서의 나를 알고 누군가 바라보고 있을 때의 또 다른 나를 알기 때문이다. 아무도 눈 여겨 봐주지 않는 깊은 숲, 숨겨지고 버려진 마른 땅에 새 움이 트듯이 나의 마음도 고독한 가운데 다시 일어나며 타인으로부터 오는 격려의 시선과 다독임 없이도 스스로 진보하고 성장할 용기가 있는가. 정직히 고백하자면 나는 아무도 들어주지 않을 때의 나의 음악 소리에 확신이 부족하여 어떤 날들은 피아노 주변에 작은 고양이 인형들을 두었다. 나의 소리를 즐거이 들어주는 존재가 있다고 생각하면 그제야 소리에 집중할 수 있었기 때문이다. 그러니 나는 얼마나 허약한 존재인가. 그런 날의 나의 마음은 오로지 나의 것이 아니었고, 얼마쯤은 영혼 없는 고양이 인형에 의지하고 있었으며 또 일부의 마음은 영혼의 허약함을 구실로 삼아 전능자의 그늘을 하염없이 바라고 있었다. 그러나 중요한 것은 눈으로 볼 수 없다고 했던 어린 왕자의 말마따나 전능자의 시선은 너무나 중요한 것이어서 누구의 눈에도 띄지 않게 그저 가만 가만히 가난하고 허약한 것들을 돌아보고 있었던 것이다.

또 가끔은 두고 온 것, 잃어버린 것에 마음을 두곤 하는 나는 그래서 많은 밤을 울었다. 반면에 언제가 될지 모르는 막연한 미래의 기쁨에 마음을 두는 사람은 아무 일에도 울지 않았다. 나는 적당히 울 수도 있고 울지 않을 수도 있는 자유롭고 아름다운 마음은 무엇일까 고민하다가 문득, 나의 식물의 마음이 어디에 있는지 알게 되었다. 식물의 마음은 언제나 지금 이 순간, 비밀스럽게 생명을 내려주는 저 하늘만을 바라고 있었다.

애도 일기

모든 원인을 이 계절 탓으로 돌려버리자.

계절, 그는 인격이 아니니 훼손될 명예도 없으며 당연히 의무나 책임도, 자존심도, 상할 감정도, 되찾을 권리도 없다. 모든 골치 아픈 문제에서 궁극의 원인을 모조리 이 계절 탓으로 돌려버리고 비겁한 우리 인간은 있는 힘껏 자유하자.

그렇게 하자, 당신과 나.

당신이 길을 잃은 것 같다 했을 때, 나는 묵묵히 당신과 함께하기로 했다.

실은 나도 함께 잃어버렸기 때문인지도 모르겠다.

당신은 분명 잃어버린 무엇인가를 찾아 길 어딘가를 헤매고 있었고, 나는 더 이상 의미 없어진 것들을 내다버리기 위한 일탈을 꾀하던 중이었으니 아주 같은 성격의 실의失意는 아니었을지 도 모른다.

하지만 당신이 나와, 내가 당신과 기꺼이 함께하기로 한 것은 잃어버린 정체를 찾아가는 '우리'로서의 연대감이 아니었나 싶다.

나는 당신에게, 당신은 나에게 '우리 어떻게 하자, 우리 어디로 가자' 하며 경솔히 방향을 가리키지 않았다. 우리는 침묵 가운데 마주 보고 앉아 이 모든 방황은 계절 탓이려니 했다.

그만큼 우리는 어리고 무지하면서 비겁했고, 그 비겁함은 우리의 정체성이 되었다.

한번은 내가 당신에게 어떤 그림책을 선물했다. 무슈 실렁스 M.Silence라는 캐릭터가 등장하는 이야기였다. 이야기 속에서 '침묵'은 그의 성격이자 정체성이었다. 그리고 침묵은 그의 삶을 지속시키는 원동력이면서 또한 중심축이었다. 당신은 그 이야기책을 무척이나 사랑했고, 급기야 그 책을 선물한 나를 사랑하기에 이르렀다. 당신의 사랑이 확장되는 논리란 늘 그렇다. 당신은 침묵 그 자체를 사랑하며 또한 그 침묵을 기꺼이 견뎌준 나를 사랑한다. 그러므로 당신과 나의 사랑의 성격은 침묵이다.

우리는 아무 말 없이 그저 함께이다.

10월 말 만성절La toussaint 방학 동안 비가 두어 번 내리고, 아파트 중앙 난방 시스템에 문제가 생겨 늘 따뜻했던 우리 집은 냉골이 되었다. 나는 3일 동안 감기 몸살을 앓았고, 물론 당신은 관리인에게 수도 없이 전화를 했다. 그러나 프랑스인들이 늘 그렇듯, 관리인과 집주인과 입주자 대표가 서로 한 번씩 우리 집을 들러 찬 기운을 확인하고는 서로 누구의 책임인지 누가 마땅히 비용을 부담해야 하는지를 따지느라 난방기는 3주가 지나도록 고쳐지지 않았다. 그 후로부터 줄곧 나는 견디기 힘든 우울감을 앓았다.

조용히, 당신은 이 모든 원인이 이 계절에 있다고 말한다.

당신의 삶은 또다시 나에게 침묵한다.

나의 우울에 대해서도, 우리의 잃어버린 길에 대해서도 끝없이 침묵한다.

완전하고 이상적인 피고인 이 계절도 말이 없다.

말하지 않음과 말할 수 없는 이야기들이 당신과 나 사이에 있다.

그러니 우리 사이에는 늘 무거운 침묵이 무게중심을 잃지 않고 있다.

나도 어쩌면 이 계절을 계기로 당신처럼 이 침묵을 사랑하게 될는지도 모르겠다.

그렇게 침묵 가운데 우리 모든 죄와 허물과 연약함을 이 계절 탓으로 돌려버리고.

당신과 나, 나와 당신은 영원히 자유하자.

너를 생각하면 나는 세상 모든 것이 나로부터 아득히 멀어진다.

작아지고 멀어지며 손을 흔들고 그러면서도 나를 향해 웃으며 슬픔을 모르는 새처럼 어여쁜 목소리로 "은진아, 안녕."이라고 말하는, 또 "은진아, 잘 가."라고 말하는, "은진아, 아프지 마."라고 말하는 해같이 환한 얼굴. 그리고 장난감 같은 너의 우주가 떠오르면 나는 마침내 지옥에 다다른 듯 무기력해진다.

그때 나는 너의 무엇을 견딜 수 없어 했던가, 우리 사이에 어떤 미움이 있었던가, 안개 속에서 더듬더듬 길을 찾듯이 기억 속을 걸어보는데 과거로의 한 걸음 한 걸음이 결코 쉽지 않다. 지나온 시간들 모두가 거짓말 같다.

너의 세계는 마치 장난감 블록으로 지어진 집 같았다.

이 땅에는 아무것도 모르는 불쌍한 우리 같은 사람들이 살고, 저 하늘에는 우리를 지배하려는 외계인이 있다지, 그 외계인 너머에 어쩌면 우울한 신이 있다지. 감기에 걸린 은진이처럼 우울하고 꼼짝도 하기 싫은 신. 너는 그런 이야기를 하다가 우리가 왜 음악을 해야 하는지 말하는 것을 좋아했다. 음악이란 무엇인가를 말하고, 헤겔의 변증법을 말하고, 니체가 뭐라고 했는지 말하고, 쉴 새 없이 역사를 말하다 갑자기 "은진이 따뜻한 거 마실래?" 하면서 뜨거운 차를 끓여주곤 했다.

너는 소년처럼 말했다.

숲속 아주 작은 집에 들어가자. 외계인도 독재자도 일루미나티도 목사님도 누구도 우리를 찾을 수 없는 집에 숨어서 부르고 싶은 노래를 마음껏 부르며 살자, 우리 둘이서만.

그러면 나는 안 듣는 척 딴짓을 하다가도 대답했다.

그래도 나는 욕조가 있어야 해. 나는 강직성 척추염 때문에 엉덩이가 아프니까.

그러면 또 네가 말했다.

그래, 은진이는 욕조에서 노래해.

그래.

그래, 너는 그렇게 해.

그런 게 우리의 합의이던 시절이 있었다.

너는 종종 퇴근하고 들어오자마자 나를 꼭 안아주며 눈물을 글썽였다.

"오늘 일하다가 문득 은진이를 생각했는데 갑자기 너무 불쌍했어. 마음이 찡긋찡긋해."

그러면 나는 너에게 안겨서 같이 꺽꺽대며 울었다. 고맙다고 사랑한다고, 그리고 서로 네가 더 불쌍하다고 말하면서 우리는 깊이 서러워했다.

나는 소년 같은 너의 어깨에 올려진 삶의 무게가 늘 안쓰러웠고, 너는 날마다 이유 없이 잘 우는 허약한 나의 영혼을 불쌍히 여겼다.

너는 주 35시간을 서서 일했다. 그럼에도 우리는 찢어지게 가난했다. 어쩌다 한인 교회 같은 데서 야유회 행사라도 하면 우리는 모처럼의 기회라며 공짜 삼겹살을 꾸역꾸역 미련하게 먹고는 배탈을 앓곤 했다. 나는 유학생들이 귀국하며 집을 정리할 때 일손을 보태주고 버리려는 옷가지와 생활용품을 얻어다 썼다. 그러는 동안 지독한 슬럼프를 겪어 졸업시험에는 자꾸만 떨어졌다. 우리는 늘 피곤하고 많이 아팠으며 주위에서는 우리의 삶을 걱정해서 그러면 된다 안 된다 말이 많았다.

그러나 저러나 나는 창가에 방울토마토 같은 식물을 키웠고 너는 퇴근 후 부지런히 첼로를 연습했다. 너는 나를 '우리 고양이'

라 불렀고, 나는 너를 위해 도시락을 만들었다. 우리에게 그런 날들이 있었다.

사랑이라는 것은 옛말이다. 우리 시대에는 있어서는 안 되는 말이기 때문이다. 우리는 전쟁 같은 하루하루를 살아남기 위해 합의하에 함께하거나 멀어지거나 할 뿐이다. 서로의 행복을 위해 적당한 거리를 설정하고 평화롭게 거리를 유지하기로 약속하는 것뿐이다. 그래서 너에 대해 기억하는 것이 아무리 아프고 뜨겁고 마음이 조여와도 나는 묵묵히 살아가야 한다. 그것이 우리의 약속이다. 합의한 내용에 따라 다시는 기억하지 않기로 애쓰는 것이 우리의 새로운 의무이다.

의연해지겠다는 다짐과는 달리 너를 떠나온 나는 우울이 지속되어 어떤 날은 거의 하루 종일 아무 일을 못하고 울고만 있었다. 그 이유가 무엇인지는 나조차도 궁금했다. 눈앞의 익숙하던 사물이 문득 슬픈 얼굴을 하고 다가왔다. 파리 사람들은 죄다 검은 외투를 입어서 슬펐고 빵집의 바게트는 길어서 슬펐다. 에스프레소 잔은 작아서 슬펐고 카페 알롱제는 애매하게 커서 슬펐으며 사람들이 나를 바라보는 것이 슬펐고 때론 아무도 없는 방에 오도카니 앉아 거울 안의 나를 보는 것이 슬펐다.

어떤 날은 수많은 기억들이 파도처럼 한꺼번에 밀려와 마음을 조각조각 부서지게 만들기도 했다. 너를 처음 보았던 날 내가 입었던 흰 블라우스가 떠오르다가 갑자기 너를 그리워하며 홀로 듣던 노래가 들려왔다. 기억 속의 모든 지나간 것들이 영원한 현재의 일로 돌아와 나를 울게 했다.

나를 가장 아프게 하는 기억 중 하나는 신발에 관한 것이다.
몇 년 전 어느 날, 나는 갑작스러운 건강 이상으로 일주일간 병원에 입원한 적이 있었는데, 원인을 알 수 없는 통증에 괴로웠으나 병명을 몰라 제대로 된 치료도 받을 수 없어 답답해하던 때였다. 거기에다 보험 혜택도 받지 못할 때에 1인실에 있었기 때문에 우리 형편으론 절대 지불할 수 없는 어마어마한 병원비까지 부담해야 했다.
수많은 정밀 검사를 예약해놓고, 밀린 병원비 청구서까지 받아 절망적인 마음을 가까스로 추스르며 퇴원하던 길, 너와 나는 말없이 걷다 어느 신발 가게 앞에 멈춰 섰다. 내가 무심히 "신발 세일하네……"라고 중얼거리자 너는 애써 밝은 목소리로 "은진이

퇴원했으니까 신발 사줄게." 하고 전에 없이 씩씩한 태도로 앞장
서 매장 안으로 들어갔다.

신발을 사주겠다는 너의 말이 얼마나 큰 결심이었는지는 아마
누구도 모를 것이다. 그 무렵 우리는 햄버거를 먹으러 가도 세트
메뉴 한 개를 둘이 나눠 먹어야 할 만큼 돈을 아껴야만 했다. 너
는 계약직으로 일하면서 주말엔 과외 수업을 했지만 매월 엄청
난 액수의 학자금 대출을 갚아야 했기에 밖에서 커피 한 잔 살
여유가 없었다. 유학생인 나는 피아노 레슨을 하면서 학교를 다
녔다. 동양인 여학생에게 피아노를 배우고 싶어 하는 프랑스인은
많지 않았기 때문에 나의 수입은 늘 불안정했다. 겨우 월세를 내
고 한 달 먹을 쌀과 감자와 계란과 화장지를 사고 나면 우리에겐
정말로 한 푼도 남지 않았다. 나는 립스틱이 떨어졌으나 새로 살
수 없어서 누군가 선물해주기를 기도하기까지 했다. 너는 구멍
난 양말을 오래도록 신었다. 나의 생일이나 기념일이면 너는 손으
로 쓴 편지로 선물을 대신했고, 그때마다 나는 말할 수 없는 감
정으로 눈물을 흘렸다.

그런데 그날은 네가 처음으로 내게 신발을 사주겠다고 한 것
이다.

나는 검정색 플랫슈즈를 골랐는데 70퍼센트 할인해서 9유로

정도로 세일하는 신발 중에서도 제일 값이 쌌기 때문이었다. 그래도 너처럼 동글동글하고 얌전하고 사랑스러운 신발이었다. 나는 이게 가장 맘에 든다며, 이걸 사달라고 말하며, 이 신발을 너무나 갖고 싶다며 천진하게 웃어 보였다. 그래, 그러자 하며 너도 함께 웃었다. 새 신발로 갈아 신고 가게를 나온 우리는 이 순간 만큼은 돈 걱정도 건강에 대한 염려도 다 잊어버리기로 하고 그 길 위에서 그냥 한동안 서로를 꼭 안고 있었다. 오직 우리 두 사람만 존재하는 시간, 과거도 미래도 없이 오직 이 순간만 존재하던 곳. 우리는 어느 버려진 섬에 사는 원숭이들처럼 서로에게 그저 매달려서 "우리 절대로 떨어지지 말자." 그렇게 말하고는 곧장 아기들처럼 헤헤 웃고 우리들의 작은 아파트로 돌아갔다.

가난하고 기댈 곳 없던 우리는 파리에서 가을을 그렇게 보냈다.

그해 겨울 어느 날 학교에서 돌아오던 길에, 나는 어이없게도 그 소중한 신발 한 짝을 잃어버렸다.

사실 나는 발이 작은 편인데 35 사이즈의 성인용 신발은 여기선 흔치 않았기에 할 수 없이 조금 큰 36 사이즈를 신고 다녔다. 그 사이즈가 문제였다. 그날따라 혼잡하던 지하철 3호선 헤퓌블릭République역, 뒷사람들에 떠밀려 내리던 중에 그 헐거운 신발이 벗겨지면서 열차와 승강장 사이의 틈으로 추락한 것이다. 한 순간의 부주의였다. 나는 어이없이 신발을 한 짝을 잃고 맨발로 집에 돌아갔다. 너는 조심하지 못한 나를 비난했다. 차가운 거리를 맨발로 걸어온 나는 서러웠다. 춥고 잔인한 겨울이었다. 우리의 작은 아파트는 속상함으로 가득 찼다. 나의 속상함과 너의 속상함, 그리고 우리의 속상함이 어지러이 엉켰다. 긴 침묵이 찾아왔다.

발이 작았던 내 탓일까.

35사이즈로 구해달라고 더 야무지게 말하고 내 것을 더 챙기지 못하는 성격 탓이었을까.

그날 너무 피곤해서 부주의했던 탓이었을까.

나는 너에게 미안하면서 또 나의 모든 것이 원망스러웠다.

지나고 난 후에야 그 의미를 알게 되는 일들이 있다. 신발을 잃었을 때 나는 그것이 어떤 의미인지 잘 몰랐다. 내가 소중한 것을 한순간의 부주의로 얼마나 어이없이 잃어버렸는지 깨닫는 데에는 많은 시간이 걸렸다.

아직도 매일같이 지하철을 타고 내리면서, "Attention à la marche en descendant du train.(기차에서 내릴 때 걸음을 조심하십시오.)" 하는 안내방송이 나올 때마다 나는 잃어버린 그 신발을 떠올린다. 그러면 그날 내게 그 신발을 사주며 뿌듯해하던 너의 해같이 환한 얼굴이 생각이 난다.

너를 잃고 기억하는 것을 쓰고 있는 오늘에서야 나는 알겠다. 어느 차가운 길 위에서 나는 너의 마음을 잃어버렸다. 한순간의 부주의였다. 그러나 잃어버린 그것은 영영 돌아오지 못했다.

애도 일기, 이 글에는 사유의 과정이 없다. 나는 그저 너에 대해 기억하는 것을 적어볼 뿐이다.

적어도 너에 관해서는 아무것도 보태고 싶지 않다.

그때 우리가 아브뉴 감베따에 살 적에, 창가에 키웠던 식물은 방울토마토 화분이었다. 바라보기 좋은 꽃이 아니었고 사유를 이끌어내는 식물도 아니었다. 그저 우리는 여름 내 맺히는 토마토 열매를 따 먹으며 뿌듯해했을 뿐이다. 우리에게는 그저 일용할 먹을 것이 필요하던 때였다.

비밀

지난해 4월, 예정에 없던 여행을 다녀오면서 나는 그 도시의 기념품 대신 한 꽃집에서 꽃씨를 몇 개 사 가지고 돌아왔다. 한동안 꽃씨는 죽은 듯 잊혀진 듯 화장대 서랍 안에 잠들어 있었다. 일 년이 지나서야 그 일이 기억이 나, 조심스럽게 화분에 꽃씨를 심어보았다. 이틀 후 싹이 나왔다. 나는 아직 이 꽃의 이름을 모른다.

머릿속에만 잠자고 있는 노래가 하나 있다. 누구에게도 불러 준 적 없고, 혼자 있을 때 흥얼거려본 적조차 없는 완전한 비밀의 노래이다. 아직은 죽은 듯 잊혀진 듯 무명의 음악가이지만 나에게 비밀스러운 이 노래가 있다고 생각하니 마음이 벅차오른다.

더 늦기 전에 노래가 심겨질 화분을 준비해야겠다.

우리의 마음 가장 깊은 곳에 심겨 있는 씨앗은 바로 연민의 마음이다. 작은 것들, 약하고 보잘것없이 초라한, 상처입기 쉽고 모래처럼 돌멩이처럼 흔하디 흔해서 아무도 귀히 여기지 않는 것에 대한 연민. 지금은 죽은 듯 잊혀진 듯해도 언젠가는 반드시 꽃처럼 향기롭게 피어날 마음이다.

피아노가
있는 방

전주곡

사라져 다시는 돌아올 수 없는 것 중 가장 아름다운 것은 소리이다. 공간을 채우던 울림이 끝내 사라지고 난 후 마침내 침묵이 내려앉을 때가 바로 내가 가장 사랑하는 순간이다.

침묵 가운데 사라진 소리를 기억하는 시간, 그것이 곧 음악이다. 모든 음악은 우리가 살아가며 놓치고 잃어버린 것들을 향해 울고 있다.

나는 소리가 막 사라지고 난 빈 공간에 머물며, 이제 내가 살며 잃어버린 것들, 영원히 사라져버린 것들에 대해 찬찬히 적어본다.

파리에서 나는 정기적으로 자유즉흥음악 모임을 진행하고 있다. 창조적 실험을 위한 음악가들과 행위예술가들이 주된 참석자들이고 간혹 호기심으로 방문하는 일반 관객도 있다. 어떤 목적으로 오는 사람이든 환영하고, 이곳에서 창작되는 모든 소리, 움직임, 이미지 등 모든 활동들은 누구에게나 자유로이 공유된다. 이 모임이 지향하는 가치와 목적이 분명하기 때문이다. 소리의 세계를 '음악'과 '음악이 아닌 소리'로 구분 짓는 낡은 경계를 허무는 것, '음악가'와 '음악가가 아닌 사람'의 구분에서 자유로워지자는 것이다. 그래서 이곳에서 창조되는 음악은 연주자만의 것이 아니라 공간에 있는 우리 모두의 것이고, 권한도 자격도 따질 것 없이 모두가 값없이 누릴 수 있는 자연에 속한 것이다.

사실 자연의 소리에는 어떠한 우열관계나 계급이 없다. 다양성이 서로 균형과 조화를 이루며 공존하는 것이 자연의 소리이다. 나는 어쩔 땐 세계 최고의 마에스트로의 손을 거치며 정교하게 다듬어져 나오는 심포니 오케스트라를 들을 때에도 경험할 수 없던 감동을 한여름 장맛비 속에서 느낄 때가 있다. 끝없이 떨어지는 거센 빗소리에는 악보로는 도저히 적어낼 수 없는 리듬, 살아 있는 것들만이 만들어낼 수 있는 고유한 호흡이 있기 때문이다. 그것은 동물의 심장박동과도 같고 온몸을 돌며 흐르는 피의 순환과도 같다. 살아 있는 모든 것들이 살기 위해 만들어내는 소리는 어떤 음악 못지않게 아름답다. 이것이 나의 즉흥음악 모임에서 추구하는 '자연스러운 음악'이다.

이 모임을 시작하면서 종종 나는 이런 말을 던진다.

"우선은 완전한 침묵 가운데 우리 자신을 조금 들어보겠습니다. 그리고 자, 이제 우리의 신체로부터 음악이 시작됩니다. 이 음악이 언제 마치게 될지는 모르겠어요. 아마도 음악 자신이 그 끝을 결정할 것입니다. 우리는 그저 귀를 열고 조금 더 깊이 듣겠습니다. 집중해주세요, 쉿……"

모든 아름다운 음악은 침묵으로부터 시작된다. 그리고 공간을 가득 메우던 음악이 그 생명을 다하고 사그러지면 죽음 같은 침묵, 완전한 정적을 맞게 된다. 그런데 이것으로 끝이 아니다. 이 정적은 다시금 새로운 것을 움트게 한다. 그렇게 음악이 다시 시작되고, 끝이 나고……. 우리는 정적의 순간이 오면 침묵으로 기다린다. 이 고요함은 생명이 자라나는 토양과 같은 것이며, 그 순환이 바로 음악인 것이다. 이렇게 무한한 소리의 씨앗을 품고 있는 평온한 정적을 나는 '침묵의 전주곡'이라고 부른다.

열정이 가득했던 음악이 끝나고 숙명처럼 침묵이 공간 안에 가득 찰 때, 우리는 잠시 명상을 갖는다. 음악이 멈추고 아무도 노래하지 않는 완전한 침묵이 찾아오듯, 언젠가 우리 삶에도 생명의 호흡이 멈추고 죽음이 찾아올 때가 있을 것이다. 그럴 때에 우리는 고요히 생명의 순환을 떠올릴 것이다. 연주에 앞서 '침묵의 전주곡'을 느끼며 곧 시작될 새롭고 낯선 음악을 기대했던 마음을 기억하며 고요히 죽음을 맞는다면 그것은 정말로 아름다울 것이다.

그래서 나는 이 마음을 또다시 적어본다.

오늘, 내가 아끼던 식물의 마지막 잎이 졌다.
이로써 그는 죽었다.
그러나 비밀같이 숨겨진 씨앗이 그 땅 밑에 아직 있다.
이제 곧 다시 봄이 올 것이다.

돌돌이와 캔디크러쉬

늦은 시각이어서 파리 북쪽으로 향하는 4호선 지하철 안에는 사람이 별로 없었다. 술에 취한 남자 하나가 비틀거리고 있는 것이 보였지만 대수롭지 않게 여기고 아무 데나 자리를 잡고 앉아서 읽고 있던 소설책에 눈을 두려는데, 뭔가 수상한 냄새가 풍겨왔다. 정신을 놓아버릴 만큼 많이 마신 이 불쌍한 남자가 열차 안을 화장실이라고 착각을 했는지 바지를 내리고 소변을 보기 시작한 것이다. 객차 바닥은 남자의 오줌 줄기로 굵은 금이 그어졌다. 몇 안 되던 사람들은 모두 일제히 발을 들어 오줌의 오른편이거나 왼편으로 갈라졌다. 나도 얼떨결에 발을 들어 남자의 오줌 왼편으로 건너와 안도의 한숨을 내쉬었다.

열차는 무심히 다음 역에 이르러, 아무것도 모르는 불쌍한 승객 몇 명을 더 태우게 되었다. 이 무지한 무리들은 바닥에 그어진 이 심상찮은 금이 그저 누군가 쏟은 맥주쯤이겠거니 하며 조심성 있는 몇을 제외하고는 대부분 아무렇지 않게 밟아댔다. 사람들은 오줌을 밟고 선 채로 즐겁게 대화를 나누었고, 방뇨의 현장을 목격했던 나와 그 몇 안 되는 승객들은 이 광경을 그저 못 본 체하려고 애를 썼다.

그들에게 지금 오줌을 밟고 서 있다고 말해주는 것이 무슨 의미가 있을까. 너무나 사소한 진실이다. 오줌을 밟고 선 사람들과 눈이 마주치지만 않으면 괜찮다. 뭐 어차피 이곳은 파리이고, 우리 모두의 신발은 너나 할 것 없이 충분히 더럽기 때문이다. 승객들이 오줌의 오른편이거나 왼편으로 각기 갈라지는 것에 아무런 도덕적 의미가 없는 것처럼, 사소한 진실에 대해서는 말해야 할지 침묵해야 할지 선택하는 것에 정말이지 아무런 의미가 없다. 단지 오줌을 눈 불쌍한 남자가 이미 인사불성의 상태로 구석자리에 누워 잠들어버린 것이 신경을 거슬리게 할 뿐이다.

즐겁게 떠드는 사람들 사이에서, 혹은 오줌의 왼편 좌석에 앉아서, 나는 읽던 책을 마저 읽었다.

그날은 마침 장 그르니에의 에세이 『섬』이 내 손 안에 있었다.

가끔은 대상이 분명치 않은 막연한 그리움을 느끼는 날이 있다. 마음 안에 그리고 있는 것이 어떤 한 사람이 아니라 그저 함께 걷던 추운 골목길, 코끝을 스치던 초겨울의 찬바람과 비릿한 모래 냄새, 울타리 뒤로 숨던 길 고양이의 그림자 같은 것들일 때면 마음은 마치 해로海路를 잃고 부유하는 종이배처럼 흔들리는 것이다. 도무지 그것이 그 어떤 대상에만 국한되지 않은 그리움이어서.

현재의 시간에만 지배를 받는 인간에게 기억이라는 것은 참으로 잔인한 장치이다. 그 시간의 총체, 그 공간의 모든 울림마저 생생하게 떠올릴 수 있으나 그 시절로 결코 돌아갈 방법은 없으니 그저 슬퍼하는 것이다. 마치 십자가 위의 그리스도처럼 양팔을 벌리고 "나 다시 돌아갈래!"라며 울부짖는 영화 〈박하사탕〉의 주인공처럼, 그런 절박한 얼굴을 한 우리의 영혼은 달리는 기차 같은 시간의 길 위에 서서 안절부절못하다가 급기야 어떤 날은 돌이킬 수 없는 날들을 향해 소리 높여 울고야 만다.

내게 왜 그렇게 잘 우는 거냐고 물어보는 사람에게 군이 스스로를 변호하거나 설명하고 싶지 않을 때, 나는 그저 '우리 개 돌돌이가 보고 싶어서'라고 말해본다. 몇 해 전에 세상을 떠난 우리 강아지 돌돌이는 누가 봐도 그럴듯한 그리움의 대상이지 않은가. 연약하고 순진한 애견의 죽음과 울고 있는 사람 얼굴은 더 물어볼 필요 없이 앞뒤가 잘 설명되는 그림이기에, 가끔씩 모든 일의 원인과 결과가 선명해야 한다고 믿는 피곤한 사람들 앞에서는 그저 우리 개의 사진을 보여주고 이 미련한 개가 어떻게 세상을 떠났는지 그날의 풍경을 조용히 말해주는 것이다. 그러면 신기하게도 대부분의 사람들은 나의 개 돌돌이 이야기에 귀를 기울여주며 나의 우울에 어느 정도의 공감을 표현해준다. 그럴 때 나는 인간이 얼마나 아름다운 존재인지를 경험하며 적잖이 감동을 받는데, 왜냐하면 거의 모든 사람들이 강아지나 어린아이같이 자기보다 어리고 연약한 것들에 대한 이야기를 들을 때에 자연스레 연민의 감정을 드러내며 눈빛을 보다 부드럽게 하고 마음의 경계를 풀면서 몸의 자세를 낮추는 모습을 보이기 때문이다. 게다가 더욱 신비로운 것은, 나조차도 무심히 돌돌이가 그립다고 입으로 말하는 순간 정말로 돌돌이가 그리워지기 시작한다는 것이다.

어찌 보면 사실이란 건 그다지 중요한 것이 아니다. 사실이라는 것은 바라보는 측면에 따라서 달라지기도 하며, 한편으론 시간이 흐르고 난 뒤 그 사실을 기억해내는 과정과 그에 따르는 감정에 의해서도 얼마든지 뒤집어질 수 있는 연약한 것이기 때문이다. 어떤 상황에서 더 중요한 것은 사실보다 명분이다. 내가 애초에 무엇이 그리운지 정확히 인식하지 못했던 상태가 '사실'이라면, 이런 종류의 그리움과 눈물에 대해 타인에게 이해받기 위해서는(또는 스스로를 이해시키기 위해서라도) 어떤 합리적 명분이 필요하기에 머릿속에 저장되어 있는 '그리움'에 가까운 낱말들을 뒤적거리는 것이 내가 '명분'을 만드는 과정이다. 나는 그렇게 해서 마치 화장대 서랍에 보관한 오래된 연애편지를 꺼내 보듯이 '돌돌이'에 대한 기억을 꺼내어 보는데, 기억을 꺼내어 보는 것의 효과는 때론 너무나 강력해서 기존의 사실을 압도하는 어떤 신념에 가까운 감정들마저 일으킨다. 그래서 어느 순간엔 내가 돌돌이를 그리워한 것이 애초의 사실이었던 것처럼 여겨질 때도 있다.

때로는 정말 그렇게 믿고 싶기도 하다. 한마디 말로 정리가 되고 선명한 인과관계를 갖는 그리움이라면 남에게 설명하기도 이해받기도 쉬워질 테니까 말이다. 그래서 특히나 이해받고 싶은 마음이 간절한 사람일수록 타인이 쉽게 이해할 만한 합리적인 명분, 즉 분명한 그리움의 대상이나 누가 들어도 슬픈 사연 같은 것을 잘 만들어내는 것 같다. 감정이란 것은 얼마든지 사실을 전복하거나 흡수하는 힘이 있기 때문이다.

그러나 나의 개 돌돌이에 관한 엄정한 사실만을 말하자면, 그는 한마디로 좋은 개가 아니었다. 도무지 길들일 수 있는 개가 아니었기 때문이다. 하루 종일 짖고, 주인을 물고, 신발을 물어뜯고, 으르렁대고 끙끙 앓다가 아무 데나 오줌을 싸는 것이 우리 돌돌이의 생활이었다. 그리고 또 다른 측면에서 사실을 말하자면 우리 가족이 그 개를 엄하게 훈련시키지 못했던 것은 그 가엾은 개에게 선천적으로 심장병이 있었기 때문이다. 우리는 이 개가 태어날 때부터 심장이 기형이어서 오래 살지 못할 거라고 들었던 터라 이 가여운 것이 오줌을 아무 데나 싸더라도 마음이 아파 감히 혼내주지 못했고, 사고만 치는 바보 같은 개로 살더라도 우리 곁에 하루라도 더 살았으면 싶었던 것이다. 출생 시부터 시한부 선고를 받았던 돌돌이는 매일같이 쓴 가루약을 두 번씩 먹어야 했는데, 사람들이 왜 자기에게 그 맛없는 것을 억지로 먹이는지 의학이란 것을 모르는 이 개로서는 이해할 수 없었을 테니 당연히 분노와 피해의식에 둘러싸여 있을 수밖에 없었다. 아마도 돌돌이는 죽는 날까지 이해할 수 없는 우리 인간을 원망하고 증오했을지도 모르겠다. 그래도 우리 가족은 매일 손가락을 물려

가면서 기어코 약을 먹게 했고, 돌돌이는 타고난 연약함에도 불구하고 무려 스무 살까지 장수하다 더 이상 인간을 원망하며 으르렁거릴 기력조차 없게 되었을 때 조용히 잠들었다.

그 개에 대한 기억을 소환해야 할 때, 나는 무슨 중요한 의식儀式처럼 그 예민한 성질머리와 흥분한 입가에 묻었던 분홍색 가루약 같은 것들을 천천히 떠올린다. 그리고 평범하던 어느 날의 우리 집 풍경을 머릿속으로 그려본다. 오래도록 우리 집 식탁 위에는 아빠의 혈압약과 동물병원에서 지어준 돌돌이 약이 나란히 올려져 있었는데, 약들이 서로 섞이지 않도록 봉투마다 '돌돌이 약'이라고 볼펜으로 적어놓은 엄마의 동글동글한 글씨체도 함께 생각이 난다. 약 냄새와 거친 숨소리, 살아가며 사라져가는 것이 어찌나 서럽고 원통한지 언제나 눈물이 고여 있던 검은 눈동자, 그래서 여느 집 개들처럼 사람을 좋아하고 따르는 법이 없었던 우리 개의 비非사회성.

돌돌이는 컨디션이 좋지 않아 호흡이 힘든 날이면 주변에 인형들을 물어와 울타리를 쳐서 방어 태세를 갖추고 아무도 자기를 건드리지 못하게 하면서 두려운 얼굴로 끙끙대곤 했다. 그 허약함 때문에 우리 개는 개인주의자가 되었던 것이고, 그래서 무정부주의자였고 독신주의자였다. 그러나 그의 어미인 담비는 영특하게도 식사 기도 시간을 인내할 줄 알아서 식탁에 둘러앉은 사람들이 '아멘'을 하고 난 후에야 밥을 달라고 보챘는데, 그럴 때 보면 담비는 기독교 신앙을 어느 정도 이해하는 듯 보였고, 어떤 면에서는 어설픈 교인보다 신실하고 성숙하기도 했다. 어미 개 담비는 철저한 훈련의 결과로 "앉아, 일어서."에 순종할 줄 알았고, 주인의 음성과 이방인의 발소리를 구별했으며, 가장 맛있는 것은 새끼에게 양보하기도 하는 등 그의 희생과 헌신적인 삶의 태도는 가히 청교도적이었다. 그런 면에서 우리 돌돌이의 태도는 그의 아들이란 것을 믿을 수 없을 만큼 진보적이며 때론 혁명에 가깝기도 했는데, 그 개는 형식적이며 진정성 없이 중언부언하느라 길기만 한 긴 식사 기도 시간을 견딜 수 없어 했던 급진적인 종교 개혁가였고, 밥상 위에 뛰어드는 과격한 퍼포먼스도 마지않는 아방가르디스트였으며, 단지 배가 고픈 그 자신의 육체적 감각에만 진실이 있다고 믿는 실존주의자이기도 했다. 때때로 돌돌이는 모든 고통이 우연히 발생하였다고 믿는 진화론자였고, 동물병원에서 주사를 맞고 와서 종일 꽁하게 엎드려 있던 날은 회의론자이며 지독한 염세주의자였다. 그리고 또 그 개에 대해 기억하는 것을 말해보자면……. 그렇다. 아무려면 어떤가, 그가 공산주의자였든 아니면 파시스트였든, 우리 돌돌이가 존 케이지를 좋아했든 알베르 카뮈를 읽었든, 말이라는 건 이제 와서 그를 기억하는 나와 우리 식구들이 아무렇게나 지어낼 수 있지만 어쨌든 그 모든 것이 이제는 의미 없는 이야기가 되어버린 게 분명하다. 왜냐하면 그가 살아 있어서 내 발밑에 뜨거운 엉덩이를 대고 누워 개껌을 씹어대던 그 시간은 이제 다시는 돌아올 수 없고, 그 개는 그렇게 무심히 죽어버렸기 때문이다. 대체 무엇이 사실이란 말인가, 똥오줌도 잘 못 가리던 바보 돌돌이는 이제 영원히 없는데.

가끔씩 아빠는 이 바보 개를 앉혀놓고 진심이 반은 섞인 것 같은 농담을 했다.

돌돌아, 예수 믿으면 천국 간다. 아멘 해야지, 천국에서 만나야지. 옳지, 우리 돌돌이 아멘 했다. 할렐루야.

한동안 나는 머릿속의 무거운 생각들로부터 자유로워지기 위해 휴대폰 게임 캔디크러쉬를 했다. 주로 메트로 안에서 지루한 시간을 보낼 때였는데, 문득 주위를 보면 한 차 안에 적어도 두세 명은 꼭 나처럼 캔디크러쉬 같은 소모적인 게임을 하고 있었다.

그것은 똑같은 모양의 공을 모아 터뜨려 없애고,

또는 똑같은 모양의 동물을 모아 터뜨려 없애버리고,

또는 똑같은 색의 보석을 모아 터뜨려 영영 사라져버리게 하고,

없어지고 사라지고 난 빈 자리에 새로운 동물과 새로운 공과 새로운 보석을 쌓았다가 이내 터뜨려 없애서, 순간이나마 내 손안의 작은 세계가 태초의 카오스 같은 혼돈과 무無의 세계로 돌아가게 하고, 그러나 곧 다시 공과 동물과 보석을 소환하는 식으로……

그렇게 캔디크러쉬는 잠시 잠깐의 무無와 부재不在조차 용납하지 않게 하는 잔인한 게임이었다.

그리고 그 무렵 나는 퇴근 시간 혼잡한 지하철 안에서 한 객차 안에 나와 같은 게임을 하고 있는 사람 세 명이 한눈에 보이면, 우리도 한데 묶여서 펑 터지고 영원히 사라지게 되는 상상을 했다. 물론 망상이기는 했지만, 하루살이 풀만큼이나 연약하고 들꽃처럼 시들어버려도 그뿐인 우리의 인생이 사실은 어느 전능자의 손에서 움직이는 한낱 게임이라면, 우리는 왜 쓰디 쓴 약을 매일 먹어야 하는지 이해하지 못했던 가엾은 나의 돌돌이처럼 죽는 날까지 삶에 대해 아무것도 이해하지 못한 채 그저 펑, 펑, 펑 하고 사라져갈 수도 있으니까 말이다. 그러면 나는 또 그 상상이 슬퍼서 눈물이 난다.

돌돌아, 사라진 것들은 모두 어디로 가는 거니?

끊임없이 사라지는 것에 관한 게임, 캔디크러쉬가 왜 이렇게 슬픈지는 딱 잘라 설명하기 쉽지 않다. 그래서 그럴듯한 명분이 필요해질 때마다 그리움에 관한 가장 그럴듯한 대상인 돌돌이를 떠올리게 되고, 다시 그 개에 대해 떠올리면 내가 만들어낸 그리움의 명분의 덫에 걸려 정말로 그 개를, 그 예민하고 성질 고약했던 그 개를, 그 개에게 약을 먹이다 숱하게 손가락을 물리던 날들을, 잔뜩 삐진 그 개가 마루에 엎드려 있던 풍경을 그리워하게 되는 것이 싫어서, 도망치듯 다시 캔디크러쉬를 하는 것이다. 감정이든 사실이든 쌓이기 전에 터뜨려 원래부터 존재하지 않았던 것처럼 만드는 게임, 모으고 모았다가 한 번에 터뜨리고, 터뜨려서 없애고 나면 다시 그 자리에 같은 것을 모으고 또 모으는 게임.

오늘의 메트로

파리는 지하철 파업만 조금 덜 하면 박애 정신이 한층 더 고조될지도 모른다. 덕분에 책을 많이 읽게 되기는 한다만⋯⋯.

지하철 안에 있으면 여기는 파리도 아니고 서울도 아닌 그저 땅 밑일 뿐이라는 생각이 든다. 땅 밑으로 구불구불 이어진 지하철 노선은 큰 나무의 뿌리 같다.

한번은 인터넷에서 우연히 판도Pando라고 하는 나무의 사진을 본 적이 있다. 미국 유타주에 있는 46만 평방미터에 달하는 숲 사진이었는데, 이 숲의 4만 그루가 넘는 나무들은 사실 하나의 뿌리로 연결되어 있는 하나의 나무라고 설명되어 있었다. 나무들은 서로를 바라보기도 하고 등지기도 하면서 서로 적당한 거리를 유지하고 필요한 관계들을 맺고 있는 것처럼 보였으나 그들은 동시에 하나의 삶을 추구하고, 더 넓게 더 힘차게 함께 살기 위해 가지를 뻗어 멀리 떨어지고 있는 것이었다. 결코 닿을 수 없는 타인의 잎사귀와 나뭇가지와 그의 열매를 애써 손에 잡으려 하지 말고, 깊이 더 깊이 자기 안으로 들어가다 보면 우리는 땅 밑 어딘가에서 하나로 만날 것이라고 말하는 듯한, 이 나무의 생각과 계획을 이해하고 나니 마음이 두근거렸다.

인터넷도 전화도 안 되는 백 년 된 파리 지하철, 가난하고 피곤한 노동자들과 흥분한 관광객들이 뒤섞여 앉아 있고, 적당히 더럽고 적당히 소란스러우며 서로에게 짜증도 내지만 또 어느 정도 미안해할 줄도 아는, 온갖 사람의 냄새로 가득 찬 땅 밑. 이곳에 앉아 우리 모두가 실은 판도같이 큰 나무의 뿌리라는 상상을 하면 옆 사람의 체취라든가 큰 소리로 떠드는 무례함, 지갑을 훔치기 위해 접근하는 집시 소녀들을 용서하기가 조금은 쉬워진다. 물론 파리지앵들은 일부러 서로를 등지거나 하면서 불필요하게 눈을 마주치지 않으려고 애쓰고 조금이라도 몸이 닿으면 얼른 미안하다고 말하면서 타인에게 도무지 관심 없는 척하지만, 겉으로 드러나지 않는 큰 나무 뿌리처럼 어쩔 수 없이 우리 모두는 어떤 지점에서는 반드시 연결되어 서로 함께 살아가고 있을지도 모르기 때문이다.

카페에서의 변덕

내가 얼마나 변덕이 많은 인간인지 모르겠다.

적당히 소음이 있는 장소가 적막한 방 안보다 나을 것 같아 책 한 권을 집어 들고 집 앞 카페로 나온 것이 두 시간 전이었다.

테라스에 앉아 레모네이드를 마시며 로베르트 발저의 『산책자』를 읽던 처음 한 시간은 정말 살 것 같았다. 아직 햇살은 뜨거웠지만 가을바람이 선선히 불어왔고, 커피나 맥주를 마시며 떠들고 있는 옆 테이블 사람들의 생동감 있는 표정과 몸짓을 보니 산다는 것이 더없이 가볍고 아무 심각한 의미가 없는 것처럼 느껴져서 이제는 그저 달콤하고 시원한 것을 자주 맛보며 유쾌하게만 살아야겠다는 생각마저 들었다. 내가 뭣 하러 답답한 방 안에 스스로를 감금하고 오늘따라 유난히 고집 센 할머니처럼 쳇소리를 내는 피아노에 앉아 메이저 스케일이나 연습하며 젊음을 낭비하고 있었나 하면서, 나는 발저의 유쾌한 문장과 카페의 기분 좋은 소음을 즐기고 있었다.

아페로apéro(식전에 마시는 술)를 너무 마셔버린 사람들은 사는 것이 너무나 우스운 나머지 스스로 우스워 보일 때까지 웃고 떠든다. 사무실에서의 면접이 구식인 것 같다고 생각한 사람들은 이력서를 사이에 두고 마주 앉아 어색하게 커피를 마신다. 남불 지방의 악센트로 불어를 하는 종업원은 에스프레소를 주문하는 여자에게 실없는 농담을 건넨다.

"커피요? 미안하지만 커피는 안 돼요. 당신에게만은 커피가 금지거든요. 예쁜 아가씨를 위해서는 샴페인이나 와인이나 칵테일밖에 없어요."

"그러면 일단 커피로 시작해서 조금 있다가 술을 한잔 하는 건 안 될까요? 아직 너무 이른 시간이라."

"아, 그건 가능해요. 당신이 여기에 저녁까지 오래 머물기만 한다면 문제없습니다."

날씨가 맑을수록 사람들의 대화는 더욱 경쾌한 리듬을 갖는다. 그런 날에는 언쟁을 벌이고 있는 맞은편 두 남자의 격양된 목소리마저도 오페라의 레치타티보처럼 들린다. 나는 문득 살아 있다는 것은 참 좋은 것이구나, 라고 생각하고 만족스러운 기분으로 하늘에 감사 기도를 올린다. 이토록 따스한 햇살과 정겨운 이웃과 시원하고 달콤한 레모네이드와 로베르트 발저를 주신 주님께 감사를. 만약에 인간에게 이렇게 상쾌한 기분을 선사하는 것이 만물을 창조한 신의 뜻이라면, 신은 상쾌한 것을 좋아하는 것이 분명하다. 그리고 신은 차갑고 달콤한 것과 가을바람과 오페라, 유쾌한 문체의 수필과 노동자의 농담을 좋아할 것이다. 어쩌면 신은 독일어로 쓴 책을 좋아하고 이태리어로 부르는 노래를 좋아하며 남불지방의 불어로 농담하는 것을 좋아하는지도 모르겠다. 그 모든 것을 다 좋아한다면 신은 확실히 나와 같은 취향을 가진 것일 테니, 세상은 더없이 살 만한 곳이라 여겨도 될 것이다. 취향이 비슷한 타인을 발견하는 것은 아무래도 즐거운 일이다.

그리고 나는 최상의 순간을 잘 기억해뒀다가 재현해보는 상상을 한다. 가장 기분 좋았던 순간의 모든 요소들을 모아 그림으로 그리고, 소리로 만들면 어떨까. 사라지고 마는 찰나의 순간을 붙잡아두는 예술을 하면 어떨까, 하고 상상해보니 만물을 창조한 신은 한편으론 참 이상하다는 생각이 든다. 왜 시간을 강물처럼 흘러가버리면 다시는 돌아오지 않는 것으로 만들었을까. 왜 기분 좋은 순간과 마음을 다해 사랑했던 시절, 가장 예뻤던 젊은 날들은 다 지나가고 다시는 돌아오지 못하게 했을까. 그러는 사이에 한낮의 해가 기울며 바람은 차가워졌다.

예쁜 아가씨는 결국 커피 한 잔만을 마시고 떠났지만 누구도 아쉬워하지 않았던 것은 사실 그녀에게 농담을 건네던 종업원이 동료와 교대를 하고 이미 먼저 떠난 다음이었기 때문이다. 언쟁을 벌이던 남자들은 이제는 담배를 피우기 시작했고, 나는 마침 로베르트 발저의 책에 싫증이 났다. 테라스에 계속 앉아 있자니 린넨 치마 아래로 맨살에 닿는 바람은 영 차가웠고, 그렇다고 뜨거운 커피라도 더 마셨다간 오늘 밤에도 잠을 못 이루게 될 것이 분명하다. 나는 책을 덮고 일어나 다시 혼자만의 방으로 돌아가기로 했다. 따뜻한 실내에서 녹차를 마시고 피아노를 연습할 수 있는 가을날 오후에 뭣 하러 테라스에 나와 맞은편 노인들의 담배 연기나 마시며 얼음을 넣은 레모네이드 따위를 마시고 있었나 하는 후회가 든다.

피아노가 있는 방

나는 느린 소리의 숲, 사유하는 피아노 한 대를 꿈꾸었다.

나의 작은 아파트는 파리 13구의 뱅상 오리올가에 있는데, 중심가의 화려한 분위기와는 거리가 멀지만 골목마다 빵집과 담뱃가게, 한 평짜리 오래된 동네 서점 같은 작은 가게들이 어깨를 맞대고 있어 더없이 소박하고 정겨운 동네이다. 지하철역이 가깝고 미테랑도서관과 센강, 시네마테크 프랑세즈와 공립 수영장이 모두 5분 거리에 있어 문화적으로 고립될 위험이 없는 곳이기도 하다. 나의 보금자리는 비록 25평방미터의 작은 스튜디오이지만 이안에 파리에서는 드물다고 하는 욕조가 있는 욕실과 오븐, 세탁기, 냉장고가 포함된 부엌이 딸려 있어 비주류 예술가의 집치고는 비교적 형편이 나쁘지 않은 편이라고 하는 이들도 있다.

　이 작은 집에서 나는 오롯이 혼자이고, 많은 시간을 완전한 침묵 가운데 고요히 보낸다. 집이 작은 만큼 살림살이도 매우 단출할 수밖에 없는데 벽면에 연습용 피아노가 한 대 있고 창가에는 사랑스러운 동거 식물들이, 침대 옆에는 책들이 쌓여 있는 것이 내가 가진 전부이다. 특이 사항이라면 집에서 식사를 하는 일이 거의 없어 식탁은 오래전에 없애버렸기 때문에 어쩌다 간단한 식사는 작은 협탁에서 해결한다는 점 정도. 이곳에 사는 동안 나는 비누 한 장, 칫솔 하나 여분으로 더 갖고 있지 않으면서 뭐든지 딱 떨어지면 그날 바로 한 개를 더 사오는 식으로 지내왔다. 그렇게 살지 않으면 이 작은 집이 곧 물건들의 창고가 되어버리기 때문이다. 당장 쓰지도 않을 물건을 쌓아두기 위한 면적이 사람이 앉고 눕고 생각할 공간을 넘어서지 않게 하려면 바오밥나무의 새싹을 제거하는 어린 왕자의 마음으로 부지런히 옷장과 서랍 안을 비워주어야 한다. 게다가 공간을 잘 비워내어 손님용 의자를 하나 더 놓을 수 있게 되면 누군가를 초대해 함께 차를 마실 수 있게 되고, 쓸모가 적은 가구를 하나 내다버리고 나면 음악가들과 간단한 합주도 가능해진다.

이렇듯 나의 이 한 칸짜리 소박한 집은 음악 작업실이면서 아무렇게나 누울 수 있는 침실이고 때론 책을 읽고 글을 쓰는 서재이다. 그리고 아직도 드문드문 낯선 땅 파리에서 내가 발 뻗고 편히 쉴 수 있는 유일하고 확실한 나만의 공간이다.

나는 이 집을 무척 사랑하기는 하지만 그렇다고 이 작은 아파트에 언제까지나 머물고 싶은 것은 아니다. 솔직히는 나도 언젠가 큰 집을 갖게 되어 여느 주류의 피아니스트처럼 마침내 피아노만을 위한 공간에 우아하게, 혹은 고뇌에 찬 얼굴로 앉아 있는 날을 꿈꿔본 적도 있었다. 음악가에게는 한 번쯤 소설책과 폭신한 베개와 한국 식품점에서 사다 둔 라면 따위가 보이지 않는 오롯한 작업 공간이 절실한 순간이 분명히 있기 때문이다. 그럴 때에 나는 미지의 피아노가 있는 방을 생각하며 언젠가 내가 갖게 될 그 피아노를 상상하고, 그것의 소리를 마음으로 만들어본다.

지나치게 맑거나 얼음같이 차가운 소리보다는 둥글고 따뜻한, 오후의 홍차 따르는 소리가 났으면 좋겠다. 피아노 옆에는 미셸 슈나이더의 『슈만, 내면의 풍경』이라든가 롤랑 마뉘엘의 『음악의 기쁨』 같은 책들을 놓을 것이다. 그 책꽂이의 책들은 되도록 키 순서대로 꽂아서 마치 하농의 장음계 연습곡 상행과 하행 악보를 재현해놓은 것처럼 보였으면 좋겠다. 그리고 이따금씩 연습이 지칠 때에는 손에 잡히는 대로 책을 꺼내 들고 우연히 눈에 들어오는 어떤 문장을 소리 내어 읽어볼 것이다.

피아노가 있는 방, 나는 그곳이라면 언제나 소리와 소리 사이에 시간이 희뿌옇게 머무는 공간이어야 한다고 생각했다. 움직임과 호흡을 가다듬고, 마치 아주 먼 곳에 두고 온 사랑하는 사람의 얼굴을 잊어버리기 전에 소중히 그려보듯이, 시간의 바람을 타고 사라지는 모든 소리를 그려볼 수 있는 공간. 그 소리의 집에는 찰나의 순간에 머물다 사라지고 마는 슬프고도 아름다운 것들이 가득 차게 될 것이다.

마음과 정서의 일

소리는 실재하는 현상이지만 동시에 관념이기도 하다. 들리는 모든 것은 잠시 귓가에 머물다 이내 공기 중으로 흩어져 흔적 없이 사라지고, 한발 늦게 그것의 의미를 해석하는 것은 우리의 기억이 하는 일이기 때문이다. 소리를 즐기는 사람들은 취향에 따라 어떤 소리들을 기억 안에 계류시키고 또 어떤 소리는 처음부터 듣지 않았던 것처럼 완전히 잊어버린다. 그것이 인간이 하는 음악 활동의 한계이기 때문에 타인의 기억 안에 조금이나마 더 오래 남을 수 있는 소리를 찾느라 음악가들은 두 귀를 안테나처럼 곤두세우곤 한다.

그러나 이 모든 것이 채울 수 없는 욕망일 뿐이라는 생각이 든 후부터 나는 의미 없이 반복되는 연습 과정에 회의를 갖게 되었다. 대체 타인에게 기억된다는 것은 무엇인가. 아니, 잊혀지고 싶지 않다는 것은 무슨 의미인가.

그것은 아마도 두려움과 불안일 것이다. 잊혀진다는 것은 죽음과도 같아서, 적어도 어떤 이의 기억 안에서 자신이 존재감을 잃고 작아지고 멀어지다 사라져간 후에 결국에는 죽음처럼 아무것도 남아 있지 않게 될 것이 두려운 것이다. 그만큼 인간은 타인에게 기억되는 것으로 자기 정체를 확인해야 하는 불안한 존재이니까.

뒤집어 말하면 우리가 죽음을 두려워하는 것은 죽음의 고통과 소멸, 실패 그 자체가 공포스러운 것이 아니라 죽음 이후에 타인의 기억에서 잊혀져갈 것이 두려운 것이다.

그렇게 생각을 하고 보니 나는 그리스도가 고난을 당하시기 전 최후의 만찬을 나누며 '나를 기억하라.'고 당부하시던 모습이 다른 의미로 슬프다.

타인에게 기억되고자 하는 마음은 창조주, 즉 영원히 존재하며 결코 소멸하지 않는 존재인 신에게도 예외는 아닌 듯하다고, 의심 많고 죄 많아서 울적한 내가 감히 상상한다. 전능자에게는 영원한 죽음이란 것이 없지만 그럼에도 불구하고 그는 늘 인간을 향해 마치 유언처럼 비장하게 자신을 '기억하라.'라고 명령하기 때문이다. 전능자로서의 신은 결코 죽을 수 없는 존재이지만 만약 인간 중에 그 누구도 신을 기억해주지 않는다면 그것은 죽음과 다를 바 없을 것이다. 마치 그가 아무것도 창조하기 이전의 무無, 혼돈의 상태처럼 말이다. 그래서 모든 능력을 갖고 있는 신은 그 외롭고 어두운 우주를 홀로 운행하던 어느 날 문득, 세계에 빛을 만들어 불을 밝히고 그 손으로 흙을 빚어 인간을 만들면서 여기에 내가 있다고, 나를 좀 기억해달라고, 내가 만든 이 세계가 얼마나 괜찮은지 말을 좀 해달라며 스스로 창조해낸 타인(나는 이것이 얼마나 신비로운지!)에게 말을 건다. 그러니 우리가 창조주에 대해 새카맣게 잊어버리고 땅의 일에만 매달려 분주히 살아가고 있을 때면, 그럴 때마다 신은 홀로 외로이 태초의 카오스와 같은 죽음을 경험하고 있을 것이다. 그렇게 영원히 살면서 끝없이 자신의 창조물로부터 버림받고, 죽을 수 없는 자로서 죽임을 당하며, 무한한 우주에 존재하면서도 티끌같이 작은 인간의 의식 안에 살아 있고 싶은 전능자의 마음은, 어쩌면 우리가 상상하는 것보다 훨씬 더 고독할 수도 있겠다.

그러니 그것은 역시 어쩔 수 없는 '마음과 정서의 일'이다. 결국 전능자에게도 죽음보다 더 싫은 것은 잊혀지는 것. 그런데 그가 끝내 땅 위에서 소멸하고 사라져버릴 유한한 인간을 향해 굳이 '영원한 것'을 사모하고 기억할 것을 당부하는 것은 무슨 의미인가. 그것은 아마도 유한한 인간으로 하여금 기억하는 일을 통해 신의 속성인 영원함을 함께 공유하고 싶은 마음 때문이 아닐까 생각한다. 적어도 무엇인가를 기억하는 순간에는 지나간 모든 것이 현재의 감각을 통해 다시 돌아오는 것을 체험할 수 있기 때문이다. 이렇게 기억하는 일을 반복하는 것만이 유한한 인간으로서 무한의 영역인 영원을 경험할 수 있는 유일한 방식일 테니까 말이다. 그러니 이것은 정말로 어쩔 수 없이 '마음과 정서의 일'일 수밖에 없다. 그래서 지혜로운 왕 솔로몬이 기록한 전도서의 '너의 창조주를 기억하라'는 문장을 읽으며 나는 조심스레 생각했다. 그것은 죽음도 소멸도 실패도 경험하지 않는 절대자이며 창조주인 신이 언젠가는 흙으로 돌아가고 먼지가 되어 소멸해버릴 인간을 향해 품고 있는 연민의 소리일 것이라고.

어느 날은 너무 많은 진실이 담겨 있는 악보들이 전부 무겁고 부담스럽기만 하다고 생각했다. 무슨 말을 그렇게나 하고 싶었을까. 그것들이 다 무슨 아우성인가. 인류에게 설교하듯 쏟아낸 바흐의 음악들은 다 무슨 소용이 있었을까. 또 슈만은 분열되는 자아에 대한 이야기를 왜 그토록 자세히 묘사하려 했을까. 쇼팽은 왜 즉흥에 멈추지 않고 그 사라진 음들의 기억을 재구성하여 오선지에 하나하나 기록했을까.

자기의 마음을 압도적으로 지배하던 어떤 소리가 타인에 의해
다시 연주되고,

다시 그 음들이 어떤 공간을 가득 채우고,

다시 누군가의 마음을 울리기를 기대하며 악보에 한 음 한 음
을 기보하는 일.

음악가의 일들도 역시나 그렇게 온통 '마음과 정서의 일'이다.
찰나의 순간에 자기 마음으로만 들었던 그 소리를 영원히 울리
는 것이 되게 하려는, 기록하고 기억되어 다시 연주하고 반복하
여 영원한 것으로 이어지게 하고픈 염원. 그리고 잊혀지지 않으
려는 마음들……. 그것은 마치 떠나간 옛사랑을 헛되이 기다리
는 이의 마음처럼 말할 수 없이 먹먹하기만 하다.

기억의 공간

공간을 상상할 때, 나는 피아노 위의 한 음을 지그시 누르고 오른발로 서스테인 페달을 깊게 누른다. 손끝이 닿은 지점이 짜릿하다. 성냥에 불을 붙이듯, 순간의 마찰과 함께 소리가 발화한다. 그리고 물속에 떨어진 잉크 한 방울처럼 공간 안에 소리가 퍼져나간다. 나의 공간은 한순간 소리의 집이 되었다가 다시 고요해진다. 아무 일도 일어나지 않은 것처럼, 아무것도 남지 않았다. 소리가 사라지고 난 후에는 원래부터 아무것도 없었던 것처럼 다시 빈 공간으로 되돌아간다.

언젠가 나의 사라짐도 그럴 것이다. 그렇기 때문에 나는 슬픈 마음으로 다시 상상했다. 나의 피아노는 흔적도 없이 사라지고 마는 것들을 위한 애도의 집이 될 것이라고. 그러다 문득 나는 내가 해야 할 일을 깨닫게 되었다. 나는 사라져가는 소리를 마지막 순간까지 머물게끔 하고, 머물다 사라진 소리들을 기억해주는 공간을 만들어야겠다. 그리고 이 느린 소리의 숲에서 때론 너무 쉽게 울어버리기도 하는 연민이 가득한 피아니스트가 되어야겠다.

시간이 잘 가는 집

말과 행동만큼이나 한 사람을 잘 드러내주고 있는 것은 그가 머무는 공간이다. 나름의 규칙과 질서를 갖고 잘 정돈된 집에 사는 사람은 그의 내면에 언제나 올바름에 대한 갈망이 있다. 대개는 무엇을 소유하느냐보다 주어진 것을 어떻게 가꾸고 있는지가 더 중요한 사람이다. 항상 방식과 태도를 살피는 이러한 사람의 집에는 쓸데없이 장식만을 위해 두고 있는 물건이 거의 없고 남에게서 빌려온 책이나 길에서 받은 광고 전단 같은 것이 책상 위에 올라와 있는 법도 없다.

파리 남쪽 외곽 방브Vanve라는 곳에 살던 재즈 피아니스트 J의 연습실은 철저한 내면의 원칙과 질서를 보여주고 있는 공간이었다. 처음 그녀의 집에 가봤을 때, 사일런트 장치를 한 연습용 업라이트 피아노 다음으로 나의 눈길을 사로잡았던 것은 언제나 바닥에 펼쳐진 채로 두고 있는 주황색 요가 매트와 전동 안마기였다. 물론 나는 지금도 그것들이 피아노가 있는 공간에 절대적으로 어울린다고 생각하는 것은 아니다. 처음엔 그 부조화가 의아하게 느껴지기도 했었다. 당시에 J는 쇼팽의 프렐류드를 현대 재즈 언어로 재해석하고 편곡하는 작업에 몰두하고 있었기에, 내가 편견이 가득한 타인으로서 얼핏 생각하기엔 음악적 영감을 위해서라도 체육관 바닥 같은 요가 매트보다는 부드러운 카펫 위에 검은 고양이가 낮잠을 자고 있는 풍경이나 안락의자 위에 무심히 펼쳐진 낭만적인 시집이 오히려 그녀에게 더 어울리지 않을까 했던 것이다.

그녀의 음악을 귀 기울여 듣고, 또 살아가는 방식을 엿보게 된 후에야 나는 그녀의 연습실을 한결 올바로 이해할 수 있었다. 그녀에게 음악이란 철저한 몸의 일. 성실하게 잘 관리된 몸으로부터 비롯되는 건강한 타건, 삶을 바라보는 긍정의 시각은 그녀만의 음악 세계를 지켜주고 있는 견고한 울타리였다. 순간의 멜랑콜리에 함몰되지 않고, 다만 매일 같은 코스로 조깅하듯 같은 스케일을 반복하여 연습하는 것을 가장 중요한 음악적 자원으로 삼는 것, 되도록 몸에 좋은 음식을 챙겨 먹고, 지칠 땐 요가 매트에서 스트레칭으로 근육을 풀었다가 다시 심기일전하여 연습에 몰두하는 단순한 생활, 이에서 나오는 특유의 단단하고 명쾌한 프레이징. 그러기에 J와의 대화에서는 물론 그녀의 음악에서도 좀처럼 허황된 꿈이나 필요 이상으로 추상적인 표현, 불편하게 과장된 자의식은 찾아볼 수 없었다.

한번은 심각한 슬럼프를 겪으며 무너진 마음으로 그녀의 집을 찾아간 적이 있었다. 그때 나는 무척 울적했기 때문에 커피나 차 말고 와인을 한 잔 하자고 했는데, 신기하게도 그녀의 집에는 와인잔이 단 하나밖에 없었다. 음악의 섬에 갇혀 오랜 혼자만의 시간을 견뎌온 흔적이었다고나 할까. 그녀는 아무렇지도 않게 내게 하나뿐인 와인잔을 양보하고 자기를 위해서는 빈 딸기잼 병을 씻어 와인을 따랐다. 그러면서 예의 낮은 목소리로 말했다. 네가 배가 불러서 우울해진 거야. 당장에 먹을 게 없어지면 슬픔을 느낄 여유도 없어. 그런데 괴로워하지 마라, 어쩌면 너는 '슬픔'이라는 상태를 좋아하는 사람일 수도 있으니까. 그렇다면 슬픔에 빠진 너는 사실 누구보다 행복하게 잘 지내고 있는 거 아니냐. 그녀의 말은 어쩐지 설득력이 있었기 때문에 나는 기분 좋게, 아니, 무척 슬프게 취해서 나중엔 바닥의 요가 매트에 벌렁 드러눕기까지 했다. 그사이에 그녀는 스스로 고안했다는 '한나절 시간을 잘 보내기 위한 테크닉 연습법' 몇 가지를 시범으로 보여주면서, 슬프고 우울할 때 이런 거 하고 있으면 시간이 잘 간다며 명랑하게 웃어주었다. 정말 그곳은 '시간이 잘 가는 공간'이었다.

베르니에 선생님 댁

　나의 은사이신 베르니에 선생님 댁은 언덕 중턱에 있어서 한여름에 찾아가면 대문의 초인종을 누를 때 이미 온몸이 땀에 젖어 있게 된다. 숨을 할딱이며 "선생님, 저예요, 은진이에요!Monsieur, c'est moi, Eunjin!" 하면 다정한 목소리로 "예쁜이 왔구나!Ma belle!" 하고 환히 웃으며 문을 열어주는 이 흰머리의 프랑스 영감님이 나의 피아노 선생님이다. 가벼운 담소를 나누며 온갖 꽃들이 만발한 앞뜰을 지나 창고를 개조하여 지은 별채로 들어서면 선생님의 그랜드 피아노가 낮잠 자는 사자 한 마리처럼 엎드려 있다. 천장으로 창문이 나 있는 이 독특한 연습실은 언제나 기분 좋은 통나무 냄새와 오래된 악보 냄새에 잠겨 있는데, 딱딱한 학교 강의실도 아니고 그렇다고 평범한 집도 아닌 이 독특한 별채에서 수업을 받는 날에는 야외 활동이나 수학여행을 온 중학생인 양 들뜬 기분마저 들곤 했다. 물론 레슨을 받기 위해 피아노에 앉을 때마다 잠자는 사자를 깨우는 것처럼 두렵기도 했지만, '여기는 숲이다.' 생각을 하고 눈을 감으면 마치 바람이 불어오는 것 같은 느낌이 들기도 했다. 내가 처음으로 제목을 붙여 작곡한 피아노 곡 〈초록 물고기Le poisson vert〉를 선생님께 들려드렸던 곳도 바로 여기인데, 곡을 쓰면서 상상했던 피아노 소리를 이곳에서 실재로 연주하며 내 귀로 확인했던 순간은 잊을 수 없는 기억이다.

잊을 수 없고, 잊어서는 안 되는 것들이 베르니에 선생님께는 무척 많아 보였다. 이 레슨실의 벽면에는 아주 오래된 것부터 최근까지의 콘서트 포스터와 기념사진, 음악가들의 격언이 쓰여진 액자, 제자들에게 받은 엽서와 크리스마스카드 같은 것들이 빈틈없이 붙어 있으면서 피아니스트에게 '그날들을 결코 잊지 말아야 한다.' 당부하는 듯했다. 작은 장식장에는 아프리카 여행에서 사 온 듯한 전통 북, 중국인 학생들의 선물인 목각인형과 수많은 클래식 음반들이 빼곡히 진열되어 있었는데, 언뜻 보기에도 거기에는 규칙성 같은 것은 없어 보였다. 아니, 만약 이 공간에 규칙이 있다면, 그것은 '마음의 규칙'일 것이다. 여기에서는 진정한 마음을 주고받는 일이 최우선이며, 사랑과 우정의 기억이 음악 안에 자연스레 녹아들도록 해야 하기 때문이다. 마치 시골 할머니의 집밥 레시피처럼, 한 곡을 연주하는 데 무슨 기억과 어떤 마음이 얼마만큼 들어가는지는 쉽게 말해줄 수 없는 비밀이지만 말이다.

옛 제자의 결혼식 사진, 아시아 여행에서 담아온 낯선 풍경, 당신의 오래전 스승의 사진을 제자들에게 보여주시며 선생님은 이 피아노 방을 무수히 많은 이야기들로 채우는 것을 좋아하셨다. 음악 인생을 함께한 소중한 이들과의 추억, 기념하고 싶었던 순간들과 다양한 피아노곡에 얽힌 무수한 사연들을 나누면서 또 선생님은 건반의 한 음 한 음을 누를 때마다 누군가에게 들려주고픈 이야기들이 자연스레 떠오르도록 가르치셨다. 기억하는 것을 말하듯이, 말하는 것을 다시 노래하듯이 연주하는 피아노가 있는 방. 그러기에 선생님의 공간은 홀로 있어도 고독해지지 않고 오히려 타인과의 깊은 연대를 느낄 수 있게 하는 곳이었다.

그 겨울밤

　파리, 잊을 수 없던 겨울. 그 집을 정리하던 날에, 너와 나는 아무 말 없이 창을 닦고 부엌의 오래된 기름때와 붙박이장 안의 얼룩을 지우는 일에만 몰두하려고 애를 썼다. 그리하여 한나절의 노동 끝에 한 시절 우리들의 집이었던 아브뉴 감베타의 아파트는 처음 이사 오던 날의 모습 그대로, 가엾은 빈집으로 돌아갔다. 우편함에서 우리 두 사람의 이름은 떨어져나갔고, 전기와 인터넷도 해지되었다. 서류 몇 개에 사인을 주고받으면서 쌀쌀맞은 집주인에게 열쇠를 돌려주고, 너는 너의 새로운 집으로, 나는 나의 새로운 집으로 걸음을 옮겼다. 그 빈집에 우리의 모든 시간을 그대로 다 두고 나와버려서, 우리는 울지도 못했다.

그 집에 살던 시절, 나는 하루 종일 방울토마토를 입에 물고 연습을 했다. 입안에 먹을 것이 있으면 마음이 위로받는 듯했다. 네 시간쯤 피아노를 치고 있으면 위층 할머니가 내려와서 문을 두드렸다. 제발 조용히 해달라고 몇 번이나 편지를 써서 문틈에 놓고 가기도 했던 예민한 이웃이었다. 죄송하다고 매번 굽실대는 것도 지쳤고, 내 음악이 누군가에게 고통을 주고 있다는 사실도 받아들이기 힘들었다.

입안에 토마토를 문 채로 울고 있으면 하루 종일 노동에 시달리던 네가 들어와 말없이 나를 안아주었다.

피아노를 칠 수 없는 밤에야 내 곁에 돌아온 네가 할 수 있는 일은 나와 함께 토마토를 먹어주는 것뿐이었다. 그러던 하루는 네가 나의 업라이트 피아노 위에 손바닥만 한 고양이 인형을 올려놓았다. 아무도 없는 집에서 혼자 피아노와 전쟁 같은 시간을 보내고 있는 나를 위한 선물이었다. 아무도 원하지 않는 음악을 연습하고 있다는 자괴감으로 고통스러워하고 있는 나에게 너는 마법처럼 내 음악을 즐겨 듣는 고양이 인형을 앉혀 놓았다. 고양이 인형은 피아노 위에 앉아 내가 연습하는 소리를 들으며 낮잠도 자고 춤도 추고 어쩔 땐 서럽게 울기도 했다.

그때 우리들의 집에는 서로를 불쌍히 여기는 마음이 가득했다. 나는 너만 보면 울컥하고 눈물이 쏟아졌고, 너는 늘 피곤해서 집에 오면 아기처럼 잠을 잤다. 울음이 가득하고, 맥도날드 어린이세트를 먹으며 받은 못생긴 인형들이 가득하고, 토마토가 가득하고, 은행 빚이 가득하고, 우리를 향한 세상 사람들의 염려와 불안의 시선이 가득한 집에서 나의 피아노는 마음껏 울 공간이 없었다. 우리도 역시 목 놓아 울어보지도 못하고, 그 겨울 어느 날, 그 집에서 쫓겨나듯 나와버렸다.

$\emptyset$

만약에 언젠가, 네 마음이 지금보다 훨씬 편안해지는 날에 이르러,

네가 기억하는 것을 담담히 말할 수 있게 되고,

어떤 일이 있었어, 나에겐 그렇게 아픈 날이 있었어 하고,

조근조근 누군가에게 이야기할 수 있는 날이 왔을 때,

그런 날에 혹시라도 네가 괜히 마음이 떨려서, 이야기와 이야기 사이의 공백이 어색해져버린다면,

어쩐지 공기가 뜨겁게 느껴지고 얼굴이 붉어지거나 괜히 찻잔을 쥔 손이 미세하게 떨려올 때,

그럴 때 마침 나의 노래가 따뜻하게 흐르고 있어서 다행히 네가 말을 멈추어도 긴장한 너의 숨소리 같은 것이 부끄럽게 들키지 않게 된다면 좋겠다.

주머니에 손을 넣거나 괜히 다리를 꼬았다가 풀었다가 하는 어색한 동작이나 식은 찻잔을 꼭 쥔 손의 떨림 같은 것이 너무 힘들게 보이지 않았으면 좋겠다.

나의 음악은 딱 그 정도의 온도로 공간을 감싸고, 어렵게 용기를 낸 너의 마음을 격려해주는 정도였으면 좋겠다. 내 음악이 그랬으면 정말 좋겠다.

그런 공간의 음악으로 언제까지나 너를 지지하는, 에밀리.

그녀의 이름은 '괜찮을 거야'

주말에 잡화점에서 함께 일하는 나의 동료 사이라Sahira의 발음은 "Ça ira(괜찮을 거야)". 오가는 사람들이 "괜찮을 거야."라고 막연히 누구를 안심시킬 때마다 사이라는 자기 이름을 부르는 줄 알고 흠칫한다. 또는 그녀 스스로도 "내 이름은 사이라, 그러므로 다 괜찮을 거야Je m'appelle Sahira, donc ça ira." 하며 주위를 안심시킨다. 그녀의 마음은 언제나 모든 것이 지난 후, 막연한 미래에 가 있다. 지금의 불쾌, 불편, 불만족은 곧 지나갈 것이라고 믿기 때문에 그녀는 언제나 '잘될 거야, 괜찮을 거야.'의 상태로 산다.

사이라는 종종 취미로 참가하고 있는 아마추어 마라톤 이야기를 했다. 지옥같이 힘들지만 계속해서 뛰는 이유는 결승 지점까지만 가면 더 이상 뛰지 않아도 되는 기쁨이 있기 때문이란다. 언젠가 달리기를 멈추는 순간에 기쁘기 위해 마라톤 내내 기나긴 고통을 참으며 뛰는 것이 사이라의 마음이다. 어쩌면 그녀는 고통스러운 삶을 이를 악물고 견디다가 죽음의 순간에야 비로소 기쁘게 웃을 수 있는 몇 안 되는 사람 중 하나일 것이다.

소년을 위하여

    토요일 저녁, 백발의 신사가 가게 안으로 들어와 내 곁에 바짝 가까이 서서 귀에다 대고 물었다. 〈Happy birthday to you〉가 나오는 오르골 음악상자가 있느냐고. 나는 재빨리 선반 위에서 검은색 음악상자를 꺼내어 보여주었다. 손으로 몇 번 태엽을 돌려 감았다가 테이블 위에 올려놓으니 상자에서는 꿈결 같은 생일 축하 노래가 흘렀다. 노신사의 얼굴이 해같이 밝아졌다.

    "예쁘게 포장해주세요. 아주 작은 소년을 위한 선물이에요."

    우리 가게에는 나이 든 손님이 많이 찾아오는데, 그래서 오래된 취향의 물건들이 꽤 많이 있다. 오랜 명성의 도자기도, 프랑스의 전통 방식으로 만든 베레모와 함께 태엽을 감아 작동시키는 음악상자도 그 오래된 취향의 소품 중의 하나이다. 노인들은 대게 〈La vie en rose(장밋빛 인생)〉 같은 멜로디를 찾고, 관광객들은 〈Les Champs-Élysées('오-샹제리제'로 더 알려져 있지만)〉을 사가지고 가지만, 생일 축하 노래를 찾는 사람은 그다지 많지 않다. 〈Happy birthday to you〉는 매년 생일마다 케이크의 촛불을 끄면서 왁자지껄한 분위기 가운데 짧게 듣게 되는 노래일 뿐. 그러니 굳이 그 흔한 노래를 평생 간직하며 머리맡에 놓고 반복 재생할 사람은 많지 않기 때문인 듯하다.

그러나 여기, 생일 축하 노래를 듣고 있는 이 노인의 마음은 이미 새처럼 가벼이 날아 벌써 저 어린 소년의 방으로 그 방향을 확정하였기에, 나는 또 다른 멜로디를 추천해줄 수 없었다. 그리고 그저 타인의 살아 있음을 온전히 기뻐하고 있는 그 마음이 궁금해졌다. 이 사람은 백발이 될 만큼 오랜 세월을 살면서도 어떻게 소년 같은 마음을 간직할 수 있었을까. 그 세월 동안 그는 마음을 어디에다 어떻게 보관하고 있었던 것일까.

부치거나 부치지 못한 편지들

이 지구 어딘가에 내가 살아 있다고, 가끔씩 당신에게 편지를 보낼 수 있다면 그것만으로도 좋겠어요.

비록 눈앞의 풍경은 월든 호수도 아니고 나에게는 통나무집도 없지만, 나는 아무도 모르게 내 작은 화단에 꽃을 심으며 여기는 숲이다, 라고 상상해요. 아침마다 집에서 기른 토마토와 가지를 먹으며, 살아남은 저녁에는 노래를 지어 부르면서 모래처럼 작게, 누구의 눈에도 거슬리지 않게 지낼 수 있다면 나는 그게 행복이에요.

아무도 나의 기쁨을 빼앗아 가지 못하게 하고 싶어서, 나는 더 깊은 숲에 들어가 살아남아야겠어요. 그러나 가끔씩은, 편지를 하겠어요.

꽃이 피었고, 노래를 지었고, 토마토를 먹은 심심한 이야기들을 써서 멀리, 멀리 보내볼게요.

먼 곳에서 온 작은 행복이 전해지기를 바라며.

그곳의 평화를 빕니다.

선생님,

지난밤 잠든 사이에 잠시 비가 내렸고 새벽부터는 기온이 뚝 떨어져서 이제는 정말 겨울이 되었습니다. 마침 라디에이터가 고장이 나서 며칠째 작동하지 않고 있는데……. 그래도 지난번에 보내주신 한국산 전기 찜질기가 있었기에 간신히 하루를 버텼습니다.

요즘에는 글을 몇 편 쓰면서, 아이들을 가르쳐요. 피아노를 배우는 아이들 몇 명이 있고, 화성학과 작곡을 배우는 학생들도 좀 있습니다. 그리고 주말에는 시내의 모자 가게에서도 일을 하느라 사실 피아노 앞에 앉아 있을 시간은 많지 않습니다. 당장 주말에 연주가 있고, 또 3주 후에 크리스마스 콘서트가 잡혀 있는데도 집에만 오면 뭐가 그렇게 피곤한지 넋 놓고 앉아 있게만 돼요. 잘 아시다시피 음악이라는 것은 한 번 리듬을 놓치면 다시 잡기가 참 어렵습니다. 연주 중에도 잠시 집중의 끈을 놓아버리면 순간 손가락이 엉켜버리고 돌이킬 수 없을 만큼 엉망이 되는 것처럼, 연주자의 생활도 꼭 그렇지요. 음악이 아닌 것을 하다가 다시 음악으로 돌아가야 한다고 생각하면 모든 것이 부자연스럽고 어렵습니다.

그래도 삶에는 어쩔 수 없이 감당해야 하는 일들이 있기 마련이라고 스스로를 설득하면서, 집을 청소하고, 세탁기를 돌리고, 비싼 집세를 감당하기 위해 인터넷에 피아노 레슨 광고 글을 올리며, 또 비타민과 마그네슘을 챙겨 먹고 꾸준히 병원에도 다니면서, 지난달부터는 몸을 위해 발레 수업도 듣기 시작했습니다. 그러면서 저는 요즘에 음악인 것과 음악이 아닌 것의 구분이 없는 '모든 것이 음악인 상태'를 배우려고 애쓰고 있어요. 모자를 팔면서도, 글을 쓰면서도, 늘 귀를 활짝 열어 들리는 모든 소리로부터 아름다움을 발견하려고 애쓰고, 또 몸이 쓸데없이 긴장 상태에 있지 않도록 호흡을 깊게 하면서요.

정말이지 삶에는 어쩔 수 없는 일들이 꼭 있습니다. 직면하고 감당해야 하는 아픈 일들도 날이 갈수록 많아집니다. 그러면 그런대로 삶의 모든 상태를 나의 것으로 수용하고 언제나 지금 이 순간에 몰입하는 것이 제게는 언제나 큰 과제입니다. 그러던 중 언젠가 한 번, 제 음악을 들으신 후에 에밀리의 음악은 몰입의 힘이 남다르다고 하신 말씀은 정말로 큰 격려가 되었습니다. 몰입의 예술, 저는 그렇게 그 길을 계속 갑니다.

선생님, 지난여름에 녹음하셨던 노래는 지금에서야 편안한 마음으로 다시 듣습니다. 참 슬프고 아름다운 노래였습니다. 지나고 나서 생각해보면 어떻게 그리 슬픈 노래를 하시면서 아무렇지도 않게 맛있는 식당을 찾으러 다니고 프로 야구를 챙겨보고 하셨는지 신기합니다.

다시 노래를 안 하시면 어쩌나 괜히 염려가 될 때도 있습니다. 그러고 보니 연주를 안 하신지도 꽤 된 것 같아요. 예전엔 술 한 잔 드시고 나면 즉석에서 온갖 노래를 지어내셨지요. 그래서 중국집의 양장피와 간짜장도, 옆 차선의 자동차와 성가신 사람들도 선생님께는 노래가 되었고요. 언제나 마음 안에 부르고 싶은 노래가 있던, 선생님의 유쾌함이 참 그립습니다.

날씨가 이렇게 추워지기 시작하면 서울에 가고픈 마음이 깊어집니다. 맑고도 따스했던 선생님의 목소리도 다시 듣고 싶습니다.

샤오오,
네가 중국으로 돌아간다는 이야기를 듣고도 마지막 인사를

할 수 없었던 나를 용서해줘.

나는 그즈음에 내 인생의 가장 못난 시절을 보내고 있었을 거야. 내가 최악의 시간을 보내는 동안에는 정말이지 아무하고도 차 한잔 마실 여유가 없더라.

네가 갑자기 귀국을 하고 나서 한참 동안이나 나는 힘들게 지냈어. 어쩌면 우리가 같이 카페에 마주 앉아 프랑스어 공부를 하고, 연습실에 늦게까지 있는 날에는 서로 커피를 뽑아주면서 열심히 하자고 다독이고, 실기 시험이 끝난 기념으로 차이나타운에 훠궈를 먹으러 갔던 지루할 만큼 평범한 날들이 얼마나 소중한 추억이었는지 그 시절엔 미처 몰랐던 것일지도 몰라.

외롭고 고단했던 나의 파리 적응기에 네가 없었다면 나는 정말 힘들었을 거야. 같은 아시아에서 온 이방인이라는 이유만으로 우리는 서로 의지하고 별것 아닌 일에도 서로 축하하면서 작은 선물을 주고받고, 같이 수영장에도 가고, 음악 이론 수업을 따라가기 위해 서로 필기한 노트를 바꿔 읽어가면서, 이곳에서 살아남으려고 참 많이 애를 썼지.

언젠가는 너에게 진심으로 고맙다고 말해야 하는 날이 올 것이라고, 나는 막연히 생각은 하고 있었지만 막상 네가 떠난다는 소식을 들으니 선뜻 연락을 해볼 용기가 나지 않더라.

잘 가, 다음에 또 봐, 라는 말이 우리에게 의미가 있을까. 우리가 또 다른 나라, 다른 도시에서 만나게 될 수 있을까. 만약에 먼 훗날 다시 만나게 되어도 네가 프랑스어를 다 잊어버리게 되면 어쩌지. 아니, 솔직히 말하면 내가 너의 얼굴을 잊어버리면 어쩌지.

샤오오.

그래도 나는 가끔은 네 생각을 하려고 애를 쓴다. 가끔씩 중국 음식을 먹으러 가면 네가 좋아했던 해산물 요리를 시켜 먹곤 해. 쁘렝땅 백화점 앞에 줄을 서 있는 중국인 관광객들을 보면 네 생각이 날 때도 있어.

다시 돌아올 수 없다고 말하고 떠난 건 알고 있지만, 그래도 나는 네가 다시 오면 어떨까라는 생각을 하기도 해. 그러면 나는 이곳에서 조금은 더 웃을 일이 많을 텐데 말이야.

마담 로이,

한 번도 대화를 나눠보지 못했어요. 당신의 이름이 로이라는 것도 저는 카운터 직원에게 들었습니다.

저는 몇 해 전부터 척추에 염증이 생기면서 등이 돌처럼 굳어간다는 강직성 척추염으로 고생하고 있습니다. 저 같은 사람에게는 몸이 뻣뻣하고 아플 때에는 태국 마사지만 한 게 없지요.

한번은, 그날따라 등을 쓰다듬는 손길이 무척 섬세하게 느껴져 카운터 직원에게 오늘 마담이 마사지를 참 잘하시더라고 얘기했지요. 그랬더니 앞으로는 가능하면 그분께 받을 수 있게 해주겠다고 하더군요. 새로 온 직원, 태국에서 막 도착한 마담 로이, 라고요. 단 한 가지 불편한 점이 있다면 로이는 프랑스어를 모른다는 것이라 했지만 나는 그래도 상관없다고 했습니다.

그렇게 매주 한 시간을 당신께 등을 맡겼으면서도 우리는 한번도 대화를 나눈 적이 없었어요. 마사지 중 "Tournez-vous, madame.(돌아누우세요. 손님.)" 말고는 당신이 말하는 것을 들은 적이 없습니다. 그럼에도 불구하고 나는 그 시간들이 정말 편안하고 행복했습니다. 어쩌면 그 시절, 나의 고단하고 지친 생활을 온전히 알아주고 어루만져준 사람은 당신뿐이 아니었을까 싶기도 해요. 때로 인간 사이에는 서로를 속속들이 아는 것 이상으로, 철저한 무지와 침묵이 중요할 때가 있다는 것을 배우는 시간이기도 했습니다. 우리는 서로에 대해 아는 것이 하나도 없지만 그렇기 때문에 당신과 나 사이에는 향기로운 침묵과 명상처럼 고요한 시간이 흐를 수 있었지요. 당신은 제게 어디가 아프냐, 무슨 일을 하느냐 같은 사소한 질문조차 않았지만 그런 것들이 무슨 의미가 있겠습니까. 그저 알 수 없는 머나먼 타인의 마음을 있는 그대로 두고, 타인의 삶에 대한 어설픈 추측과 판단 없이 그저 가만히 등을 쓰다듬으며 삐뚤어진 골반의 균형을 잡아주던 당신의 손길이, 불편한 관심과 말뿐인 사랑보다 훨씬 우아하다고 저는 생각했지요.

매번 마사지를 마치고 고맙습니다, 라고 말하고 방을 나오긴 했지만, 얼마나 그 시간이 제게 휴식과 위안이 되었는지는 아마도 모르실 것 같습니다. 덕분에 나는 건강을 되찾았습니다.

마담, 나는 당신이 어떤 사연을 가지고 머나먼 태국이라는 나라에서 이곳 파리까지 와서 내 등을 만지고 계신지 알 수 없지만, 그 완전한 무지의 상태와 내가 상상할 수 없이 먼 당신의 삶으로부터 많은 위로를 받습니다.

사실 어설피 알은체를 하며 무례히 관계의 간격을 좁히려 드는 사람들만큼 피곤한 것도 없으니까요.

언젠가 기회가 된다면, 마사지 살롱에서가 아니라 그저 파리 시내의 카페테라스에서 가볍게 맥주라도 한 잔 마시면 어떨까요. 언젠가 이곳에서 오래 살다 보면 그런 날도 있지 않을까요.

고바야시 언니,

언니, 라고 불러보면 어떨까 많이 생각해봤어. 물론 우리끼리는 늘 프랑스어로 이야기했으니 서로 이름을 부르고 친구처럼 대했지만 이상하게 나는 그래도 낫수미, 라고 부를 때마다 속으로는 언니, 했던 것 같아. 일본에도 '언니'라는 표현이 있는지는 모르겠는데, 연장자를 부르는 말이긴 하지만 한국에선 아주 친근한 표현이야.

언니는 색소폰을 들고 있을 때가 가장 예쁘고 자유로워 보여. 그렇지만 연주하고 있지 않을 때는 상당히 불안하고 외로운 사람이지. 때문에 우리는 음악 외의 일들로 언쟁도 많았어. 이젠 다 지난 일이라 웃으며 이야기할 수 있지만, 언니가 연주를 앞두고 얼굴이 정면으로 들어간 전형적인 포스터 사진은 찍지 않겠다고 고집을 부렸던 일 때문에 사실 나는 굉장히 속상하기도 했지. 이제는 물론 이해를 해. 때로는 과민하게 반응해서라도 지켜야만 하는 아티스트의 정체성, 고민, 뭐 그런 것들.

언니, 그렇지만 무엇보다도 우리는 나쁜 남자는 만나지 말자며 두 주먹 쥐며 함께 다짐했던 사이야. 우리가 카페에서 보낸 대부분의 시간들은 (물론 음악 이야기도 많이 나누긴 했지만) 거의 지나간 나쁜 남자들에 대한 이야기였으니까.

내가 나쁜 남자에게 연애 감정을 느낄 때마다 단호히 "Il est charmant, mais il n'est pas pour toi.(그 남자 매력 있지만, 너를 위한 사람은 아니다.)"라고 직언을 해주었던 언니가 있어서 오히려 나는 더 가볍게, 일상적이며 유쾌한 연애 상담을 할 수 있었던 것 같아. 뭐랄까, 마흔의 나이에도 소녀처럼 카페테라스에 앉아 못생겼지만 초 섹시한 남자라든가 바람둥이 구별법 같은 이야기를 하면서 낄낄댈 수 있는 언니 같은 사람이 있어서 참 다행이랄까.

그러면서도 우리는 좀처럼 장르로 규정하기 힘든 우리의 불확정성 즉흥음악에 대해 동일한 고민을 하고 있었고, 그보다 더 깊은 마음 안에서는 좀처럼 수용되기 힘든 불안한 여자의 마음을 서로 공유했다고 믿어. 따뜻한 사랑을 받으며 누군가의 강한 팔 안에 안겨 있고 싶기도 하지만 어떤 날에는 모든 관계의 끈을 놓아버리고 홀연히 떠나 나의 악기를 독대하고 싶고, 소모적인 연애 감정이나 생활의 걱정을 미뤄두고 음악에만 직면할 자기만의 연습실이 필요하지만 또 어떤 날에는 함께하는 따스한 저녁과 타인의 속옷과 양말을 세탁하는 기쁨을 누리고 싶기도 한 이상한 마음. 그래서 불안하고 예민하고 못됐으면서 때론 연약하고 때론 아주 강해서 뭐라 규정하기 애매한 것, 그래도 그 모순마저 마냥 아름다운 것을, 우리는 그런 상태를 너무 갈망하지.

그렇지만 나는 요즘은 언니나 나나 다음번엔 조금 덜 나쁜 남자를 만나서 조금 덜 예민했으면 하는 마음이 들어. 나이가 들었나 봐, 스펙터클한 것들이 너무 많이 지나가고 나니 이제는 좀 쉬고 싶다. 언니, 우리 좀 쉬자. 우리가 언제까지나 젊고 예쁘진 않을 텐데 말이야.

아니, 그렇지만 이건 그냥 오늘의 불안한 마음일 수도 있어.

다음 주에 우리 또 커피 마시자. 할 이야기가 생각이 났어.

$$\emptyset$$

선생님,

이 먼 곳까지 저를 보러 와주신 것, 아주 잠시였지만 손을 뻗어 얼굴을 만질 수 있었다는 것이 꿈만 같았습니다. 지난밤 우리가 그토록 가까이 있어 서로를 만지고 귀에다 입술을 댄 채 작은 소리로 노래를 부르고 땀이 나도록 두 손을 잡고 있었다는 것이 아직도 믿겨지질 않습니다.

그 짧은 밤은 정말로 슬픈 꿈 같았습니다.

파리에서 서울로 돌아가는 열한 시간의 비행 동안에 무슨 생각을 하셨을지 궁금합니다. 서울에 도착하신 후 짧은 메시지로 너를 좋아하긴 하지만 마음이 복잡하다, 기쁘지가 않아, 라고 하신 이후에 저는 몹시 불안해졌어요. 아마도 서울은 그런 곳인가 봅니다. 모든 꿈에서 깨어나게 만드는 곳, 어제의 추억과 기약 없는 낭만보다는 오늘의 삶이 중요한 곳이지요.

그러나 저는 늘 여기에 있습니다. 서울을 떠나, 백 년 된 건물을 여전히 고쳐 쓰는 파리, 그곳의 낡은 아파트 안에서 생각 안의 생각을 헤집어보고 있는 비밀 같은 사람으로. 아마도 우리가 보냈던 시간도 모두 비밀이 될 테지요. 저 역시 비밀 안에 갇혀 있겠지요. 그런 생각을 하니 또다시 슬픕니다.

인혁에게,

네가 파리에 교환학생으로 왔을 적 잠시의 인연으로, 귀국 후에도 잊지 않고 내게 귀한 한국 책을 보내주었던 일에 무척 감동했다. 어떻게 보답을 해야 할지 늘 생각하고 있던 중 초콜릿이나 에펠탑 열쇠고리 같은 파리에서 온 선물 같은 것으로는 그 마음을 다 갚을 수 없을 것 같아 이렇게 편지를 쓴다.

논현동에 개업한 카페 소식도 늘 관심 있게 지켜보고 있어. 사진으로 보기에도 그곳은 특유의 여유와 재치가 빛나는 곳인 듯하다. 멀리서 바라볼 뿐이지만, 카페에 유머가 넘치는 사진전을 열고 티라미수를 만들면서 또 한편으로는 시를 쓰는 너의 일상이 아름답다.

책을 좋아하는 친구를 두고 있는 것은 기쁜 일이야. 삶을 들여다볼 때에 비슷한 울림을 발견할 수 있으니까. 아름다움을 사랑하는 마음과 낭만을 간직하면서 또한 매일같이 성실히 노동하는 사람이 참 좋아 보인다.

언젠가 내가 서울에 가게 되면 그 카페에서 작은 음악회를 열어주렴. 아무리 생각해봐도 내가 줄 수 있는 것 중 가장 괜찮은 것은 역시 노래인 것 같다.

$\mathscr{O}$

문창현에게,

소포를 잘 받았어. 이번에도 역시 여러 권의 신간 서적을 보내주어서, 고독했던 밤을 잘 견딜 수 있었다. 한국 책들은 종이가 고급스럽고, 표지가 예뻐서 들고 다니면 절로 기분이 좋아져.

네가 출근길에 녹음해서 보내준 서울의 소리는 잘 다듬어져 이번 즉흥음악 콘서트에서 '서울에서의 7분'이라는 음악으로 재탄생했다. '이번 정류장은 성신여대입구입니다.' 같은 한국어 안내방송 소리를 프랑스인들은 전혀 이해하지 못했지만, 그래도 초겨울 아침 서울의 맑고 찬 공기와 경쾌한 지하철 4호선의 움직임이 그대로 전달된 것 같아. 조용한 아침의 나라, 유난히 부지런한 사람들의 아침 출근 풍경이 눈앞에 펼쳐지는 듯한 음악이 연주

되었다.

그리고 이 프로젝트에 담당 교수님께서 관심을 보이셔서 다음번 학내 정기 공연에 '낯선 이들과의 조우Rencontre avec les inconnues'라는 제목 아래 여러 연주자들과의 협연으로 다시 소개될 것 같아. 이렇게 제목이 바뀐 이유는, 서울 지하철만의 특징과 정체성은 무엇이었는지, 왜 이 소리를 서울의 소리로 채택하고 녹음했는지 그 당위에 대해 토론하던 중에 나온 나의 부연 설명 때문이었어. 파리의 메트로 안에서는 낯선 사람들 사이에서도 날씨 이야기와 무슨 일을 하는지 어디로 가고 있는지 같은 가볍고 시시한 대화를 나누는 것이 보통이지만, 내가 살았던 서울에서는 좀처럼 그런 일이 흔치 않고, 오직 안내방송만이 혼자 큰 소리로 떠드는 것이 일반적이라고. 사실 서울 사람들은 너무나 바쁘고 지친 나머지, 좀처럼 타인에게 말을 걸 여유가 없으니까. 그래서 서울에서 낯선 이들을 만나는 소리는 이렇게 바쁘게 걸어다니는 구둣발 소리와 침묵 가운데 간혹 들려오는 사람들의 숨소리, 기침소리, 그리고 안내방송 소리일 뿐이라고.

그런 이야기를 했을 때 프랑스인들은 조금 놀라는 얼굴이었어. 왜냐하면 그들의 고정관념 속 동양이라는 신비한 곳은 오히려 사람 간에 자연스러운 온기가 충만하고 여유와 해학이 넘치는 곳이었으니까. 덜 산업화되고 덜 바쁘고 사람들은 산 깊은 곳의 숨겨진 절에 들어가 천천히 차를 우려 마시면서 선문답과 명상을 즐기고 있는 그런 모습이 전형적인 아시아의 풍경이지. 그러니 진짜 서울에서 살다 왔다는 나는 그들에겐 전혀 예상외의 이야기를 하고 있었던 거야. 만원버스 안에서도 한 마디 떠드는 이가 없이 조용한 출퇴근길, 모두 귀에 이어폰을 꽂고 영단어를 외우거나 휴대폰으로 메시지를 쓰고 있는 조용한 사람들, 웬만한 서양인의 집보다 더 깨끗한 서울의 지하철, 하이힐을 신고 달릴 수 있는 인형같이 예쁜 아가씨들, 회색빛 도시 파리 사람들은 상상도 못할 만큼 밝은 곳, 어쩌면 또각또각 사람들의 발소리마저 맑고 밝은, 그런 곳이 서울이라고 말하자 프랑스인들은 조금은 낯설어하더라. 그래서 네가 서울 돈암동에서 실제로 녹음해준 소리는 이들의 입장에서 들었을 때에도 정말로 '낯선 소리'가 되어 버렸지. 사실 파리지앵들은 '맑음'이 무엇인지 잘 몰라.

우리는 잘 알지. 서울의 맑고 밝음을.

차고 건조한 겨울바람이 불고 한강물이 얼어붙어도 사람들은 빨개진 얼굴로 환히 잘 웃고, 철마다 새 옷을 사러 나가고 악의 없이 순진한 농담들을 주고받지. 그 서울에서 젊은 날의 우리들, 나와 너와 내 사랑스러운 친구들이 바보 같은 단편영화를 만들면서 눈부신 청춘을 보냈지. 그러고 보면 가끔 나는 서울을 그리워하는지 그저 청춘의 눈부시던 날들이 아쉬운 것인지 헷갈리는 것 같기도 해. 하긴, 명백하게 구분할 수 있는 게 세상에 어디 그리 많이 있겠어. 모두가 다 그렇게 녹아서 하나가 된 것이지. 나의 음악과 사랑과 삼십대의 고군분투가 파리의 흐린 하늘과 광기에 녹아들어 하나가 되어가고 있는 것처럼 말이야.

아무튼, 만약에 내년 겨울에 서울에 갈 수 있게 되면, 언제나처럼 광화문에서 책을 사고 부암동 갤러리 같은 데를 가든가 돈암동에서 떡볶이를 먹으면서 서울 사람들처럼 맑고 밝게 놀아보고 싶다. 조금만 기다려.

장민 씨,

그 무렵에 저는 페미니즘을 공부하고 있었습니다. 벨 훅스의 『모두를 위한 페미니즘』을 막 끝냈을 때, 마침 저희 독서 모임에 참여하고 싶으시다고 연락을 주셨지요. 그리고 잠시 한국을 다녀오신다면서 감사하게도 책을 사다 주시겠다고 했습니다. 제가 염치 불구하고 부탁드린 책은 화가 나혜석의 책이었지요.

한 번도 얼굴 뵌 적 없는 분이 기꺼이 책을 사다 주시겠다고 자청하셔서 놀랐습니다. 정말로 책을 진정으로 사랑하는 사람들은 늘 따뜻합니다. 그리고 가져다주신 나혜석의 책은 놀랍도록 솔직하고 섬세했답니다. 게다가 백 년 전 그녀가 꼭 제 나이였을 때 파리에 있었더라고요. 어쩌면 그녀가 거닐며 꿈을 꾸었던 길 위에서 저는 그녀의 글을 읽으며 많은 생각을 할 수 있었답니다.

이후에도 한국와 프랑스를 자주 오가는 장민 씨에게 여러모로 신세를 많이 졌습니다. 저는 그저 한 끼 식사 대접 같은 것으로는 그 고마운 마음을 다 갚을 수 없다고 생각합니다. 왜냐하면…… 자세히 말씀드리긴 좀 그렇긴 하지만, 그 무렵 제가 부탁드렸던 한국으로 보내는 선물은 저에게 정말 특별한 분께 드리는 마음이었기 때문이에요. 비록 저는 그때 무척 어려운 형편에 있었지만 크리스마스에는 그분께 작은 선물이라도 꼭 보내고 싶었거든요. 그러나 프랑스 우체국에서 한국으로 소포를 보내자니 보잘것없는 선물보다 배송비가 더 비싸게 나오는 게 슬픈 현실이었습니다. 그래서 혹시나 하는 마음에 장민 씨에게 연락해서 한국에 작은 소포를 대신 가져가 저의 지인에게 보내주실 수 있으신지 부탁드렸던 거죠. 덕분에 저의 선물은 그분께 무사히 잘 전해지게 되었답니다.

희주 씨.

파리에서 얻은 가장 값진 선물이 있다면 바로 책 읽기 모임 때문에 알게 된 멋진 인연들이에요. 책이 아니었다면 서로 만날 수도 삶을 나눌 기회도 없을 것 같았던 정말 다양한 사람들을 알게 되었지요. 덕분에 넓고 깊게 읽고 마음을 열고 타인의 삶을 수용하는 대화를 배울 수 있었답니다.

희주 씨가 파리를 떠나기 전 전해주었던 버트런드 러셀의 『행복의 정복』은 어쩌면 제가 가장 행복하지 않았던 시기에 건네받은 책이었을지도 모르겠어요. 마침 저는 C.S. 루이스의 『고통의 문제』를 탐독하던 중이기도 했습니다. 고통의 문제와 행복의 정복, 그리고 그 바로 전주에 읽고 스터디까지 했던 에리히 프롬의 『사랑의 기술』, 그런 책들이 내 삶을 에워싸고 아픈 나를 위로해주었습니다.

좋은 문장들이 마음에 남아 좋은 삶을 만들어주기를 기도하는 마음으로, 좋은 책 잘 읽었습니다.

언제나 시기에 맞는 책을 전해주는 지인들이 주변에 있다는 것은 분명히 큰 축복입니다.

http://www.francezone.com 벼룩시장 게시물.

2018년 4월 23일 14시 35분.

제목 : TV 안테나 선. 75ohms 팝니다.

완전 새거예요. TV를 볼까 해서 샀다가, TV를 본들 재미있을 거

같지 않아 팝니다.

필요하신 분 싸게 가져가세요.

5유로에 내놓습니다만 말만 잘하면 공짜……

갑자기 만사가 재미없어서 파는 거라 그렇습니다.

9.52mm

Mâle / Femelle

길이 3M

선생님,

그것으로 정말 마지막이었구나, 짧고 아쉬웠던 그날의 만남이

결국은 우리의 끝이었구나 생각했고, 무너져 내리는 가슴을 부

여잡으며 저는 일터로 나갔습니다.

사실 지난달에 집세와 음악원 등록금을 내지 못했어요. 취미

로 피아노를 배우던 직장인 학생 네 명이 한 달 사이에 모두 그만 두게 된 데다 프랑스 전국에서 일어난 이례적인 대규모 시위 때문에 연말 연주 일정들이 줄줄이 취소되었기 때문이에요. 그래서 당분간 더 많은 일을 해야 할 것 같아 주말에만 하던 모자 가게 점원 일을 주 5일로 전환했습니다.

처음 선생님을 뵈었던 그해 4월에 읽고 있던 책은 버지니아 울프의 『등대로』였습니다. 거기에 제가 밑줄을 그어가며 암송했던 문장이 있었지요.

모든 것은 질서정연해야 한다. 그녀는 그 나무들의 기품과 정적, 이제 또다시 바람에 들려 (파도를 타고 솟구친 배의 이물처럼) 장려하게 솟아오른 느릅나무 가지들에 무의식적으로 감탄하면서, 그것을 바로잡고 저것을 바로잡아야 한다고 생각했다. 바람이 불고 있었던 것이다. (그녀는 잠시 서서 밖을 바라보았다.) 불어오는 바람에 나뭇잎들이 이따금 부딪히며 별 하나를 드러냈고, 별들은 흔들리며 빛을 쏟아내고, 이파리들의 가장자리 사이에서 반짝이려고 애쓰는 것 같았다. 그래, 그렇다면 그것은 끝났고 완결되었다. 그리고 다 끝난 일들이 모두 그렇듯이 엄숙해졌다.

기억하실진 모르겠지만 사실 저는 '그리고 다 끝난 일들이 모두 그렇듯이 엄숙해졌다.'라는 문장에 푹 빠져 있었는데, 이 페이지를 보여드렸을 때 선생님은 '나무들의 기품과 정적'에 감탄하셨어요. 저는 아마 그때부터 선생님께 특별한 마음이 들었던 것 같습니다. 그리고 얼마 후 정말 거짓말처럼 선생님께서 비행기를 타고 파리에 오셨지요.

우리가 서로 사랑하게 되었다는 것을 알았을 때, 저는 기품 있는 나무 한 그루를 갖고 싶었습니다. 그러나 파리의 제 아파트는 아시다시피 어린 왕자의 소행성보다 작아서 작은 꽃 화분과 선인장 몇 개도 겨우 자리를 잡고 있었지요. 그래서 함께하는 동안 저는 새로운 꿈이 생겼던 것 같습니다. 언젠가는 마당이 있는 집에 살며 나무들의 기품과 정적을 실제로 소유하고 경험해보고 싶다는 꿈.

이제 그만하자, 네가 싫진 않은데 부담스럽다라는 싸늘한 메시지를 받던 그 시간에도 저는 손님들 앞에서 상냥하게 웃는 가면을 쓰고 모자를 팔고 있었어요. 이 모자는 백 퍼센트 프랑스산 양모로 지어진 수제 베레모입니다, 라고 말하다가 저도 모르게 눈물이 쏟아졌습니다. 그러나 찢어지는 마음에도 저는 마음껏 울 수도 없이 하루 종일 서서 일하며 돈을 벌어야 했습니다. 그날따라 무척이나 추웠는데 구두를 신은 발은 퉁퉁 부운 채로 얼어붙었고 온몸은 성한 데 없이 아팠어요. 이런 갑작스러운 이별이

믿기지 않아 저는 선생님께 전화를 하고 싶었지만 휴대폰은 정액제 요금을 다 써버려서 국제 발신이 되지 않았지요. 간신히 집에 들어온 저는 어찌 할 바를 몰라 바닥에 앉아 밤새워 울기만 했습니다.

선생님, 저는 여전히 가난한 비주류 예술가이고 살아남기 위해 낮에는 이렇게 모자를 팝니다. 그리고 밤에는 지친 몸을 끌고 연습실로 들어가 피아노를 두드리고 아무도 즐겨 들어주지 않는 노래를 만듭니다. 파리 어느 작은 아파트에 살고 있는 이 가난한 피아니스트와 이따금씩 남몰래 만남을 갖는 것이 선생님 같은 분께는 어쩌면 일상을 벗어난 재미있는 놀이였는지 모르겠습니다만, 아시다시피 저는 그렇지가 않았어요. 언젠가는 오랫동안 연모해온 진심을 알아주실 거라고 믿고 또 그렇게 늘 기도했지요. 그렇지만 아무래도 저는 선생님 같은 분, 그러니까 서울에 살며 더 나은 미래를 계획하는 남자에게 어울리는 사람이 아니었나 봅니다. 이를테면 외국에서 학위를 마치고 늦지 않게 귀국하여 명문대에 출강하고 있는 재원이라든가 서울의 이름 난 음악홀에서 화려한 드레스를 입고 귀국 리사이틀을 했던 미모의 피아니스트라든가 하는, 남들에게도 자랑스럽게 소개할 만한 여자와는 거리가 먼 것이 저라는 사람인 것을 잘 압니다.

저의 삶은 그래도 당분간 이렇게 계속될 것 같습니다. 아이들의 피아노 레슨이 끊기기도 하고 콘서트에 관객이 없기도 하지만 그런 것은 아무래도 괜찮습니다. 사랑하는 음악에 헌신하면서 일용할 양식을 위해 모자를 팔고, 끝없이 책을 읽고 창가의 식물에 물을 주며 언젠가 작은 마당이 있는 시골집에 살게 되는 날을 꿈꾸는 소박한 노동자의 생활이 저는 부끄럽지 않습니다.

무엇보다 저의 마음을 힘들게 하는 것은, 그렇기 때문에 남들처럼 그저 평범하게 사랑하고 사랑받는 것조차 할 수 없다는 초라함입니다. 가난하다고 왜 사랑을 모르겠습니까.

마지막으로 파리에 다녀가시고 난 후에 이상하게 오랫동안 고장이었던 수동식 덧창이 다시 작동되었습니다. 고장이 났던 라디에이터도 저절로 고쳐졌습니다. 저는 이상하게 마법 같은 일들 때문에 더욱더 간절히 바라고 기대했던 것일지도 모르겠습니다. 그러나 소망이란 것은 때때로 사람을 참으로 비참하게 합니다.

그동안 초라하지만 정성껏 표현했던 모든 마음은 진심이었고 저의 최선이었습니다.

이제 와 이런 말들이 다 의미가 있는지는 모르겠습니다만……

파리에서 은진.

나의 사랑하는 카페

Café, 카페, 커피를 말하기도 하고 커피를 마시는 장소를 말하기도 한다. 파리에서 카페는 잠깐의 휴식이다. 일하다 잠시 담배한 대를 피우며 숨을 돌릴 때 어느 골목에나 하나씩 꼭 있는 카페 테라스를 찾고, 친구를 기다릴 때에도 책을 읽거나 글을 써야할 때에도 망설임 없이 찾는 곳이 동네 카페이다.

파리의 카페들은 대체로 시끄러운 배경 음악 없이 조용해서 대화를 나누거나 혼자만의 조용한 시간을 갖기에 좋다. 테라스의 테이블엔 흡연자, 실내에는 비흡연자들이 주로 앉으며 보통커피 한 잔을 달라고 하면 당연하게 에스프레소를 가져다준다.

그러나 내가 파리에서 가장 많이 마신 커피는 뭐니 뭐니 해도 역시 음악원 복도의 40상팀짜리 자판기 커피이다. 수업과 수업

사이에, 합주를 마치고, 빈 연습실이 생기길 하염없이 기다리면서 마시던 쌉쌀한 인스턴트커피를 하루에 적어도 세 잔은 마셨다. 자판기 앞에 서 있는 음악원 학생들은 모두 하나같이 '피곤해, 연습해야 한다, 연습실이 부족하다, 너무 어렵다, 연주를 망쳤다.' 같은 말들을 입에 달고 있었다. 나 역시 커피를 뽑아 마시면서 옆에 서 있는 사람들에게 습관적으로 그런 류의 말을 걸곤 했다.

안녕, 나는 피아노를 쳐. 너는?
아무개 교수님 클래스? 와, 지난번에 보니 그 선생님 괴물같이 잘 치던데.
너는 몇 학년? 잘돼가? 다들 그렇지, 나도 이거 한 잔만 얼른 마시고 연습하러 갈 거야.
너무 피곤하지, 너도 힘내, 또 보자, 참, 너도 인스타그램 하니?

한때는 커피 값을 아껴야 했을 만큼 가난하던 날들도 있었다. 슈퍼에서 파는 초저가 인스턴트커피 한 스푼에 끓는 물을 가득 부어 보리차만큼 연하게 제조된 커피를 보온병에 담아 학교에 오면 하루 종일 계속되는 고된 연습 시간을 그럭저럭 견디게 했다.

그렇게 해서 자판기 커피에 드는 동전 40상팀을 아끼고 집으로 돌아오는 길은 참 서글펐다. 그래도 음악이 좋았기 때문에 한밤중에 커피 보온병과 점심 도시락 통을 씻어놓고, 내일은 무슨 연습을 더 해야겠다 생각하며 잠자리에 누웠다.

*

마담 A는 퇴직한 초등학교 교사였고 소일 삼아 외국인 유학생들에게 프랑스어 과외를 했다. 과외 수업 장소는 파리 12구 디드로가에 있는 한 카페였다. 그녀는 늘 설탕을 넣지 않은 에스프레소 두 잔을 마시고 나서 수업을 시작했다.

그 무렵 내가 배우던 것은 프랑스어에서 가장 귀찮은 부분이라 할 수 있는 정관사, 부정관사, 부분 관사의 활용이었다. L'eau, de l'eau, d'eau, 모두 한국어로는 그저 '물'일 뿐이었는데, 프랑스어는 우리가 사는 세계를 참 자세히도 나누어 불렀다.

수업을 마치고 나면 그녀는 정확히 자기가 마신 에스프레소 두 잔의 값만을 계산해 테이블 위에 올려놓았다. 작은 동전까지 야무지게 세어 딱 떨어지게 내고 먼저 자리를 뜨면 나는 내가 마신 커피값을 따로 냈다. 그녀에게 프랑스어를 배우는 동안 나는 자기 커피값은 반드시, 그리고 정확하게 자기가 내야만 하는 프랑스식 계산법을 배운 셈이다. 나이가 더 많다고 더 내야 할 이유도 없고, 선생님이니까 학생이 수업 시간에 커피까지 대접할 이유도 없고, 딱히 이유가 없는 일은 굳이 하지 않아도 되는 이 나라가 어쩐지 좋아졌다.

∅

주말 오후, 내가 스타벅스에서 테이크아웃으로 '두유를 넣은 카페라떼' 두 잔을 사 들고 잡화점으로 출근하는 것은 함께 일하는 동료 사이라와의 전략적 연대를 의미한다. 한번은 내가, 그다음에는 사이라가, 누가 정한 것은 아니지만 우리는 번갈아가며 서로의 커피를 가져다주며 암묵적으로 같은 편에 있음을 확인한다. 우리의 동맹이란 그래봐야 대단치 않은 것들이지만, 그래도 커피 한 잔씩 나눠 마시는 5분가량의 우호적 대화는 우리의 주말 이틀간 열두 시간의 노동을 한결 견딜 만한 것으로 만들어준다. 예컨대 사소한 실수나 지각 정도는 눈감아주고, 본업이 피아니스트인 내가 연주회를 앞두었을 때, 그리고 사립 경영 학교에 다니는 사이라가 중요한 시험이 있을 때에 서로 근무시간을 조정해주기로 한다든가 하는 약속들, 그리고 공공연하게 직원들 사이에서 남의 험담을 하는 아랍인 직원 M씨의 이간질에 동조하지 않고 어지간하면 모르쇠로 침묵하자는 것이 이 커피 두 잔에 담긴 연대의 내용이다. 그렇게 해서 주말의 두 여직원 사이라와 에밀리는 묵묵히 자기 일 잘하면서 절대로 쓸데없이 남의 일에 참견하지 않는 성실한 이미지를 얻는다.

Ø

아브뉴 드 로페라의 4성급 호텔 놀린스키의 카페 안에는 투숙객을 위해 24시간 운영하는 별도의 살롱이 있다. 많이 알려지지 않은 곳이라서, 도심에서 문득 한적하게 홀로 앉아 차를 마시고 싶을 때 나는 이곳을 찾는다. 무엇보다도, 여기에는 언제나 연주할 수 있게 열려 있는 초록색 그랜드 피아노가 한 대 있다.

살다 보면 그런 선물 같은 때와 장소도 있다. 모든 것이 나를 위해 준비된 것만 같은 그런 곳, 고요한 시간과, 상상하던 빛깔의 피아노, 그저 얻어 걸린 행운. 이 카페에 앉아 쉬는 날이면 정신이 허약한 나는 또 생각한다. 값없이 그저 주어진 이 숨겨진 살롱의 여유처럼 어느 날 이유 없이 찾아올 수도 있을 고통의 시간 또한 그렇게 담담히 받아들이겠다고.

Ø

나의 젊음을 가져갔으며, 이제는 살아 생존하기 위해 노동을 반복해야 하는 지겹고 우울하기만 한 도시, 파리를 벗어나지 않고 늘 같은 자리를 여전히 서성이고 있는 이유는 어쩌면 너와 함께했던 수없이 많은 카페가 아직 여기에 있기 때문일는지도 모르겠다.

너는 카페를 즐겨 찾는 나를 이해하려 하지 않았다. 커피는 아침에 집에서 마시는 걸로도 충분한데 왜 밖에 나와서까지 카페를 가는지, 그러니까 굳이 왜 커피에 돈을 쓰는지 너는 이해할 수 없다고 했다. 그래도 나는 언제나 함께 카페를 가자고 했다. 나는 너와 시간을 보내고 싶었기 때문이었다. 따뜻한 것을 가운데 두고 마주 앉아 있으면 막 시작한 연인들을 위해서만 시간이 멈춘 듯한 느낌이 드는 것이 좋았다. 그러나 너는 카페에 있으면 늘 불편해했고, 나는 서운함을 감추지 못했다.

나중에 우리가 헤어지고 나서야 너는 작은 목소리로 내게 말했다. 나는 그런 작은 돈을 아껴서 너에게 더 좋은 걸 해주고 싶었어. 그날 나는 많이 울었다.

너는 늘 합리적인 판단을 했다. 우리는 커피값을 아껴야 할 만큼 가난했고, 카페에 앉아서 시간을 보낼 만큼 여유롭지 않았다. 우리가 아브뉴 감베타에 살던 시절, 너는 매일 아침마다 눈을 뜨는 즉시 커피를 만들었다. 너를 위한 한 잔은 테이블 위에, 그리고 아직 잠에서 깨지 않은 나를 위한 커피는 침대 머리맡에 두었다. 소년 같은 너의 목소리와 연하고 부드러운 커피 향기, 기분 좋게 머리를 쓰다듬어주는 너의 손길이 있어야만 나는 겨우 눈을 떴다.

너를 완전히 잃어버리고 나서, 나는 이제야 네가 하던 방식대로 눈을 뜨자마자 커피를 뜨겁게 내려 테이블에 두고 욕실로 들어간다. 그리고 한 번씩 너를 상상하기도 한다. 커피를 만들어놓고 내가 깨어나기를 기다리던 너, 짧은 샤워로 몸을 깨우고 커피 한 잔으로 나약한 정신을 억지로 깨워 고단한 몸을 끌고 일터로 나가던 너를 생각한다. 그러면 커피 맛은 너무나 쓰고, 너를 생각하는 나의 마음은 다시 쓰라려온다.

파리는 언제나 파리

방음이 되지 않는 벽 너머로 옆집 사람이 출근 준비를 하는 소리가 들려온다. 나는 아직 무거운 몸을 일으켜 어제 널어둔 빨래가 얼마나 말랐는지 슬쩍 만져보며 오늘도 역시 비가 내리겠구나 생각한다. 환기를 시키려고 창을 열었더니 차갑고 축축한 바람이 들어온다. 아직 해는 완전히 뜨지 않았다. 여름은 꿈처럼 사라지고, 진한 커피 없이는 버틸 수 없는 계절이 돌아왔다. 나는 에스프레소를 내려 테이블 위에 올려놓고 이제 몸을 깨우기 위해 욕실에 들어간다.

샤워를 하며 오늘 하루의 일, 약속, 음악, 읽고 있는 책을 생각하고, 수건으로 머리를 말리면서 라디오를 켠다. 라디오는 늘 TSF jazz, 연주자는 날마다 다르지만 창밖의 풍경은 변함없는 파리. 여전히, 지긋지긋하게 우울한 초겨울의 파리.

엘리베이터를 타고 내려가는데, 아래층에서 잠시 멈춰 선다.
수동식 엘리베이터 문을 열자 아랫집 사람이 미소를 지으며 다
음에 타겠으니 그냥 내려가라고 한다. 나는 대수롭지 않다는 말
투로 "알겠어요. 좋은 하루 되세요." 하고 다시 문을 닫는다. 두
사람이 타면 꽉 차는 좁은 엘리베이터이니 타인과 몸이 닿는 것
을 극도로 꺼리는 파리지앵들 사이에선 흔히 일어나는 일이지만,
그래도 나는 혹시 내 겉옷에 어제저녁 한국 식당에서 먹은 김치
냄새가 배어 있었나 싶어 가방에서 향수를 찾는다.

그러나 또 한편으로는 처음 만나 인사하는 사람에게도 볼에
입을 맞추고 연민의 마음으로 포옹해주는 인간의 온기를 배운
곳도 이곳 파리이다. 카페에서나 지하철 안에서나 어디서든 타
인과 눈을 마주치면 경계를 허물고 웃어주며 "오늘은 좀 덜 춥네
요." 같은 가벼운 말을 건넨다. 물론 타인에게 말을 걸 때에는 언
제나 적당한 거리에 떨어져서 미소를 곁들이는 것이 자연스럽다.
서로가 서로를 해치지 않을 것이라는 신념, 당신이 누구인지 모
르고 어디로부터 와서 어디로 가고 있는지 알 바 아니지만, 우연
이든 숙명이든 지금 여기에 함께 있게 되었으니 잠시나마 서로의
안녕을 빌어주는 것.

인생의 모든 순간이 학교이다. 눈을 떠서 아침 공기를 느끼는 순간부터 죽은 듯 누워야만 하는 밤까지, 쉼 없이 배우고 연습하고 깨달아도 아직도 배워야 할 것이 넘친다. 살아 있으면서도 진정으로 사는 법이 무엇인지 생각하고, 음악을 들으면서도 더욱 깊이 듣는 법을 연습한다. 외국어를 배우면서는 단어와 문법을 배우는 것 같지만 사실은 지구 반대편에서 살아온 이들을 수용하면서 소통하는 태도를 배우고, 내가 서툰 언어로 용기를 내어 다가갈 때 미소 지으며 끝까지 들어주고 천천히 대답해주는 프랑스인으로부터 인내와 관용을 배운다.

그러던 어느 날 나는 먼 곳으로부터 옮겨 심겨져 작은 화분에 뿌리를 내린 나의 식물들처럼 낯선 땅에 이주해 뿌리를 내리고 살아남으려 애쓰고 있는 스스로를 알아차렸다. 이 지긋지긋한 타국, 아무리 애를 써도 어쩔 수 없는 변방의 외국인, 고독한 생존, 그러는 사이에 사라져간 청춘을 생각하게 되는 이방인의 겨울은 유난히 춥고 서럽다.

드넓은 대지, 단단한 땅이 아니라 작은 아파트의 실내, 비좁은 화분에 심겨진 나의 식물들은 꽃도 없고 잎도 작으며 줄기는 가늘어져만 갔다. 나의 동거 식물들이 저 태양만을 간절히 바라느라 가엽게도 키만 커져 길죽하게 못생겨지고 있는 동안, 나는 낯선 말과 글로 음악을 배우면서 갈수록 부족하기만 한 스스로에게 지쳐갔다. 어느 날 새벽엔 화장실을 다녀오면서 짙은 기미, 주름과 함께 고독의 그림자가 내려앉은 거울 속의 내 얼굴을 보고 나는 한숨을 내쉬었다.

겨울이 다가올수록 홀로 있는 시간에 많이 울게 된다고 하자 파리 사람들은 이제야 네가 파리지엔느가 되었구나, 라고 하며 서둘러 비타민 D를 복용하라고 했다. 열대 지역에 말라리아와 황열이라는 풍토병이 있다면 파리에는 누구도 피해갈 수 없는 계절성 우울증이란 것이 있기 때문이다. 해를 충분히 보지 못하는 환경에 살기 때문에 우리 파리지앵의 겨울철 우울증은 정당하고 자연스럽다 말하며, 누구든 이 계절이 되면 차분히 줄을 지어 비타민 D를 처방받고(심지어 이 비용은 국가의료보험에서 지급한다.) 계피와 오렌지를 넣어 뜨겁게 끓인 와인을 마시며, 멜랑콜리에 취해 새끼고양이를 끌어안고 마음껏 흐느껴 우는 것이 이곳 파리 거주자들의 자연스러운 겨울 생활인 것이다.

계절을 따라 병원에서 처방전을 받아오며 나는 문득, 갈수록 파리 사람들처럼 검은 옷을 즐겨 입게 된 스스로를 발견하고는 실소를 터뜨렸다. 파리지앵의 전유물이라 해도 과언이 아닐 검은 외투, 유행을 타지 않는 검은 스커트에 검은 스카프를 둘러맨 차림. 10년 전 입던 옷을 오늘도 그대로 입고 있어도 아무도 이상하게 보지 않는 곳이 파리이다.

일부러 멋을 부린, 브랜드나 유행에만 신경을 쓴 멋쟁이라면 파리 사람이 아니다. 그러나 망설임 없이 무심하게 걸쳐 입은 듯한 낡은 외투 차림에 시장에서 산 과일과 바게트가 들어 있는 헐거운 에코백을 메고는 누구의 시선도 의식하지 않고 우아하게 걷는 사람은 파리지앵이다. 화장기 없는 얼굴에 잡히는 대로 묶은 머리카락, 최신형 스마트폰 대신 아직도 멀쩡하다며 사용하고 있는 오래된 2G 휴대폰을 든, 그리고 시간 약속을 잡을 때에는 가방에서 투박한 수첩과 몽당연필을 꺼내어 둥글고 단정한 글씨로 일정을 기록하는 여자들이 파리지엔느이다. 도무지 예쁜 척을 하지 않는데도 그녀들이 눈길을 사로잡는 것은 화려한 옷과 유행하는 브랜드 대신 수수한 차림에 자연스레 묻어나는 그 사람만의 고유한 매력과 멋 때문일 것이다. 파리에서는 옷을 예쁘게 입는 것보다 각 사람이 가진 고유하고 자연스러운 아름다움, 표정과 움직이는 자태와 살아가는 태도를 굳이 옷으로 가리지 않는 차림을 선호하게 된다. 그러다 보니 선택하게 되는 것이 죄다 검은 옷이다.

의도를 알 수 없게 친절한 사람에겐 냉소를 곁들인 경계의 눈빛을 보이면서도 지하철 안의 피곤하고 슬픈 눈을 하고 있는 타인에게는 미소를 보내고, 실수가 많은 카페의 종업원에게는 힘내라고 먼저 말하면서도 거리에서 '니하오' 하고 어설픈 중국말로 인사하며 말을 거는 남자에겐 눈도 마주치지 않고 재빨리 자리를 피하는, 나는 어찌 보면 이상한 파리 사람이 되어가는 것 같기도 하다. 타인의 팔꿈치가 몸에 닿는 게 죽도록 싫어서 아파트의 엘리베이터도 몇 번이나 그냥 내려보내지만 새로 이사 온 이웃에게 환영의 편지와 함께 꽃을 보내기도 하는 파리 사람들 말이다. 살아남기 위해서는 해를 간절히 바라지만 그렇다고 뿌리를 더 깊이 내리다간 죽어버릴 수 있으니 너무 성장하지는 않으려고 스스로를 조절하는 길쭉하고 못생긴 내 방의 식물 같은, 나는 그런 파리 거주자가 되어간다.

파리, 꽃다발처럼 환히 웃고 있는 사람들은 잠시 머물다 떠나는 여행객들일 뿐이고, 낯선 이와 몸이 닿지 않으려고 어깨를 움츠린 검은 옷의 예민한 사람들이 바로 파리 거주자들이다. 주말에 어디에서 대규모 시위가 있는지 입에서 입으로 소식을 공유하며, 파업으로 지하철 몇 호선 무슨 역이 정차하지 않는지 잊지 않도록 확인하는 파리 사람들의 얼굴에는 웬만한 일에는 짜증조차 내지 않는 초연함이 있다. 좋든 싫든 모든 감정을 있는 그대로 다 드러내어서는 살 수 없는 곳이 이곳이기 때문이다. 그러니 여기에 삶의 뿌리를 내리지 않고 그저 일주일간 따뜻하고 안전한 시내의 호텔에서 머물며 샹젤리제 거리를 걷다가 돌아가는 사람들의 얼굴에만 파리지앵에게서 좀처럼 찾아보기 힘든 감탄과 환희가 가득할 뿐이다.

그러나 그들도 자기 삶이 뿌리를 내리고 있는 도시로 돌아가면 겨울의 실내 식물들처럼 오직 한 줄기 햇살이 깃드는 시간을 기다리느라 언제나 초조한 얼굴이 될는지 모른다. 반짝이는 에펠탑 앞에서 환호하며 기념사진을 찍는 이들은 모두 어디로부터 이렇게 모여들었을까. 이들은 파리에서의 꿈 같은 일주일을 보내기 위해 얼마나 많은 시간, 어떤 것들을 인내하거나 희생했을까.

파리는 언제나 파리(Paris est toujours Paris), 내가 주말마다 일하고 있는 가게의 이름이다. 이곳을 찾는 사람들의 대부분은 한껏 들떠 있는 관광객들이며 그들은 어쩌면 생애 최고의 순간에 사랑하는 사람들을 위해 선물을 사러 온, 마냥 기분 좋은 이들일 것이다. 어떤 곳에서 얼마나 치열한 삶을 살아온 이들인지 다 알 수는 없지만 지금 이 순간만큼은 세상을 다 가진 듯 여유로운 이들이기에, 까다롭게 이것저것 따지거나 값을 흥정하지도 않고 그저 한눈에 반한 물건들을 고민 없이 척척 구매할 뿐이다. 그러니까 사실 이 일의 가장 큰 장점은 관광객을 상대한다는 것이다. 1상팀짜리 동전과 할인 쿠폰과 적립금을 야무지게 챙기며 이래저래 재어보고 흥정하는 도시 생활자들의 식료품점이 아니기 때문에 적어도 손님 때문에 머리 아파질 일은 적은 것이다. 정말이지 이미 행복에 취해 있는 사람들을 상대하는 것만큼 에너지가 덜 드는 일이란 없다. 손님들은 종이 쇼핑백을 하나 더 준다든가 1유로짜리 에펠탑 열쇠고리를 덤으로 넣어준다든가 하는 사소한 친절에도 감동하고 진심으로 감사를 표하며 마치 큰 은혜를 입은 것처럼 함께 기념사진을 찍자고까지 한다. 이곳에서 귀찮은 일이란 고작, 선물과 함께 기념엽서를 사는 관광객들이 자주 "우표도 팝니까?"를 서툰 프랑스어로 물어본다는 것뿐이다. 여기서 우표는 팔지 않으며, 길 건너편에 우체국이 있으니 가보시라는 말을 하루에도 몇 번이나 반복하는 것. 그나마 그것마저도 귀찮다며 최근에 나의 동료 사이라는 계산대 앞에 큰 글자로 우체국 주소를 써 붙여놓았다.

천국이 있다면 그곳은 뿌리 없는 꽃들이 만개한 이상한 정원일 것이다. 해는 있지만 그림자는 생기지 않는 한낮, 수확만 가득하고 파종은 없는 추수감사절일 것이다. 그곳은 3주간의 꿈 같은 유급 휴가를 즐기려는 정규직 노동자들이 '파리 쥬템프Paris, Je t'aime(사랑해, 파리)' 혹은 '아이 러브 뉴욕(I♥NY)'이 쓰인 티셔츠를 입고, 짧은 외국어로 우체국이 어딘지를 묻는 곳이다. 그곳의 우체국에는 아마도 관리비 납부를 위해 길게 선 줄이나 등기로 보내는 행정 서류, 환전과 송금 업무는 없고 대신 에펠탑이나 노트르담 성당 기념엽서와 조카에게 소포로 보내기 위한 테디베어 인형만 판매하고 있을 것이다.

수고해본 적 없는 자들에게는 천국의 휴식도 그다지 의미 없을는지 모른다. 노동으로 고단했던 사람만이 꿀맛 같은 깊은 잠을 누리고, 수고하고 무거운 짐 진 자들만이 몸의 안식과 영혼의 구원을 찾아간다. 어쩌면 태초의 남녀가 지상 낙원을 상실해야만 했던 이유는 그들이 노동의 수고로움과 인간사의 갈등을 미처 겪어보기 전이었기에, 무상으로 주어진 풍요로운 양식과 평화를 대수롭지 않게 여겼음일 수도 있다. 그러나 노동이 숙명이라 자기 땅에서 수고하고 땀 흘리는 사람들은 짧은 휴일의 안식을 더없이 기뻐하며, 이날만큼은 가장 사랑하는 사람을 위해 흥정 없이 물건을 산다.

이 땅에 사는 동안 잠시나마 천국 같은 축제를 경험해보려는 사람들이 앞다투어 몰려오는 곳이 이곳 파리이다. 파리는 그래서 언제나 빛나는 파리여야 하고, 파리 사람들은 그래서 관광객들에게 몸살을 앓으면서도 좀처럼 싫은 티를 내지 않는다. 매일 밤 같은 시각 에펠탑은 하얗게 반짝이는 조명을 밝히고, 거리의 악사들은 수만 번도 더 반복했을 노래 〈라비엥 로즈La vie en rose〉를 마치 처음 부르는 것처럼 부른다. 나 역시 주말마다 베레모를 쓰고 손님을 맞는다.

어디에서 오셨나요?
파리에는 얼마나 머무시나요?
좋은 여행 되십시오.

모두가 축제인 곳, 모두가 휴가를 오는 곳, 낙원과 같은 파리에서 감정을 드러내지 않고 늘 같은 모습으로 노동하던 파리지앵은 그래서 바캉스가 되면 파리를 버리고 되도록 멀리 멀리 떠나야만 하는 것이다.

그대는 나에게

나의 친구 딩크ㄱ ㅠ는 오랫동안 우울과 불면증으로 힘들어했다. 채식으로 식단을 바꾸고, 하루에 한 번씩은 꼭 해를 보고 산책을 했지만 나아지기는커녕 상태는 갈수록 심각해져갔다. 가을 만성절 방학 이후로 새해가 될 때까지 그는 학교 수업에 나오지 않았다.

딩크는 중국에서 온 영화음악 작곡가이다. 파리에 살며, 나와 같은 음악원 작곡과에 재학 중이면서 원거리로 영화음악 작업을 해서 중국에 보낸다. 처음에는 그저 일곱 시간의 시차가 있는 중국 현지의 영화 제작자와 소통해야 하는 문제로 밤낮이 바뀌어 있는 줄로만 알았다. 당시에 그가 작업하던 중국 영화는 연쇄 살인 사건을 다룬 스릴러였고, 그 영화는 드디어 그해 여름쯤에 프랑스에서도 개봉했다. 나는 극장에 가서 그 영화를 보았는데, 영화가 시작하자마자 제목과 함께 제작사, 감독, 촬영, 편집 등 주요 스태프들의 이름이 자막으로 떠오를 때에 '음악 딩크Music composed by Ding Ke'도 거기에 있었다. 나는 친구의 성공이 마냥 자랑스러웠고, 이제 영화도 무사히 개봉했으니 당분간 그가 밤에 편히 잠을 잘 수 있겠구나 하고 안심하기도 했다.

그런데 딩크는 여전히 불면증에 시달렸다. 그의 음악이 어두웠던 것은 연쇄 살인 사건 이야기 때문만은 아니었던 것이다. 물론 딩크는 파리에서 음악가 친구들과 무리 없이 잘 어울렸고 종종 자기 집에 초대해 중국요리를 대접해주기도 했지만, 그것은 마냥 즐거운 파티가 아니라 자기의 슬픔과 외로움을 함께 이겨내주기를 바라는 구조 요청 같은 것이었다. 그런 것을 느꼈던 나를 포함한 몇 명의 친구들은 그래서 일부러 약속 장소를 딩크네 집으로 잡기도 했다.

"딩크, 다음 주 공연을 위해 연습을 어디서 할까 하다가 우리는 네 집에 쳐들어가기로 했어. 네 집은 넓고 좋은 피아노도 있고 시내에 있어 교통도 좋은 데다 너는 바쁘지도 않고 하루 종일 집에 있잖아. 그러니 중국음식을 좀 준비해주길 바래. 농담이 아니라 진짜로 갈 거야." 하는 식이었다. 그러면 착한 딩크는 친구들의 일방적인 습격이 귀찮은 척하면서도 거절하는 법이 없었고, 어쩌면 기다렸단 듯이 문을 열어주었다. 게다가 장난으로 음식 이야기를 한 건데도 지나치게 정성껏 많은 요리를 준비해놓기도 했다. 물론 전부 다 채식주의 식단이었지만.

그가 한창 홍콩에서 만든 블랙 코미디 영화의 사운드트랙을 작업하던 때였다. 한번은 피아노 파트를 녹음해달라는 부탁을 받아서 나는 주말 저녁 일을 마치고 딩크의 작업실을 찾아갔다. 다섯 시간에 걸친 녹음을 마치고 함께 식사를 하면서 딩크는 다시 불면에 대한 이야기를 시작했다. 잠이 오지 않을 때 쓰는 갖가지 방법들, 도움이 되는 호르몬제, 밤에 듣기 좋은 음악들을 이야기하다가 우연히 나의 노래 〈그대는 나에게〉를 들려주게 되었다. 그 노래는 내가 잠 못 이루던 새벽에 집에서 녹음한 자작곡이었다. 피아노를 치며 한국어로 직접 부른 짧은 노래였는데, 나는 노래를 들려주며 딩크에게 한국어 가사의 의미까지는 말해주지 않았다. 딩크는 어쨌든 이 노래를 무척 맘에 들어 했다. 잠 못 이루는 밤과 떠나보낸 사랑, 잊을 수 없는 것들에 대한 이야기를 나누며 우리는 함께 이 노래를 들었다. 물론 채식주의 요리와 함께.

사실 〈그대는 나에게〉는 파리의 우울한 작곡가 딩크를 위한 노래가 아니라 당시 한국에 있던 나의 연인의 생일에 보내주기 위해 쓴 곡이었다. 그는 나의 마음을 오랫동안 애타게 했던 사람이었다. 온 마음을 다해도 이뤄질 수 없는 인연이 있고, 멀리서 바라보며 그리워해야만 하는 운명도 있다는 것을 알게 한 사람이었다. 그때의 나는 말로 다 할 수 없는 마음으로 얼마나 많은 밤을 끙끙 앓았는지 모른다. 그리고 전하지 못했던 말들은 한 음 한 음이 서러움으로 여물어 어느 날 새벽에 노래가 되었다.

　그러나 당시 한국에 있던 그 사람은 나의 노래를 들으며 잠 못 이루는 연인의 애타는 마음을 헤아리기에는 너무나 분주했다. 다시 생각해보면, 서울에 사는 눈코 뜰 새 없이 바쁜 누군가를 위해서는 진한 그리움으로 노래를 불러주는 선물보다 오히려 차량용 휴대폰 충전기라든가 종합 비타민 같은 것을 꼼꼼히 챙겨주는 게 더 나았던 것일지도 모른다. 바쁜 일상 가운데 매일 유용하게 쓰일 물건을 택배로 보내주었더라면, 그랬더라면 그가 내 생각을 조금 더 했을지도 모른다고 뒤늦게 나는 후회하기도 했다. 어쩌면 아무 쓸모 없는 노래 선물 같은 것을 그 사람은 유치하고 촌스럽다고 생각했는지도 모르겠다. 어쨌든 그는 다운로드받아 놓은 오디오 파일을 다시 찾아볼 시간조차 없이 바빴기에, 나의 노래는 두 번 다시 재생되지 않았고, 의미 없는 데이터로서 그의 컴퓨터 안 어딘가에 오랫동안 고요히 묻혀 있게 되었다.

오히려 나는 혼자 있을 때 그 노래를 종종 들었다. 나의 목소리로 부른 나의 노래, 마음을 다해 불렀던 노래이지만 아무도 즐겨 들어주는 이가 없었기에 더욱 슬픈 음악이었다. 온 마음을 쏟아 한 자 한 자 적어 보낸 편지가 수취인 불명으로 되돌아온 것 같은 서러운 감정이었다. 시간이 흐르면서 나의 노래는 그렇게 서서히 잊혀가는 듯했다.

그런데 성탄절을 일주일 앞둔 겨울 어느 날, 딩크에게서 뜻밖의 문자 메시지가 왔다.

'은진 안녕, 지난번에 잠깐 들려줬던 너의 한국어 노래를 다시 듣고 싶은데, 혹시 메일로 보내줄 수 있을까?'

'그래, 내 컴퓨터에 있는데 이따가 집에 들어가서 보내줄게.'

'고마워! 그 노래가 이 슬픈 계절에 듣기에 잘 맞을 것 같아서.'

나는 노래 파일을 첨부해 보내며 짧은 메시지를 남겼다.

나의 친구 딩크,

잘 지내는 거지? 못 본 지가 꽤 된 것 같다.

내 노래를 다시 듣고 싶어졌다니 고맙긴 하지만, 이런 계절에는

적어도 하루에 한 번은 해를 보고 산책을 하는 게 좋아. 어쨌든
내 노래가 너에게 작게나마 위안이 되었으면 한다.

며칠이 지나 그에게서 답장이 왔다.

은진,
나 며칠째 이 노래만 듣고 있어. 하루에 백 번도 넘게 듣고 듣고
또 듣고 있어.
이 힘든 시기에 이 노래가 나와 함께하고 있어.
오늘이나 내일쯤 저녁 식사 같이할 수 있니?

망설여서는 안 되겠다는 마음에 나는 바로 딩크와의 약속을
잡았다. 파리 15구의 채식 메뉴가 있는 한국 식당에서 만난 그가
내게 말했다.
"나는 도무지 잠이 오지 않아서 한밤중에 밖에 나가서 마냥
뛰었어. 찬바람을 맞으며 뛰면서, 네가 보내준 노래를 들었어. 하
나도 이해할 수 없는 한국어 가사였지만 이상하게 눈물이 흐르
는 거야. 얼굴이 눈물로 범벅이 된 채로 뛰고 뛰고 또 뛰면서 이
노래를 백 번도 넘게 반복 재생했어. 그러고 나서 새벽이 되어야
집에 들어온 거야. 마음껏 울고 나니 이제 좀 괜찮은 것 같아. 마

음이 한결 편안해진 걸 느껴. 정말이지 너의 노래가 나를 살린 셈이지. 그런데 가사가 무슨 뜻인지 너에게 물어본 적이 없었는데, 지금 물어봐도 될까?"

딩크에게 보내주었던 내 노래의 가사는 이것이었다.

그대는 나에게 많은 말보다
함께 있어주며 마음을 건네네
그대의 노래가 빛이 되어
어두운 마음을 밝혀주네
그대가 보여
그대가 보여, 나와 함께 걸어가는
그대가 보여
그대가 보여, 나와 함께 울어주는

사실 그 순간 우울한 친구 딩크에게서 위안을 받은 것은 오히려 나였다. 나의 노래는 마냥 잊혀지고 사라지지 않았던 것이다.

나는 다시 배웠다. 어떤 별은 너무나 멀리 있어서 그 빛이 지구에 도달하기까지 얼마나 긴 세월이 걸릴지 모른다는 것을. 어떤 노래가 누군가의 마음에 닿아 울리기까지는 얼마를 기다려야 할지는 작곡가조차도 알 수 없다. 나의 노래가 당도하여 울림을 줄 대상도 감히 지정할 수 없다. 마치 바람에 흩날려 뿌려진 민들레 홀씨처럼 노래는 뜻밖의 곳에서 기대하지 않았던 사람의 마음에 와닿아 기대하지 않았던 울림을 만들어내기 때문이다. 음악을 하는 우리는 그래서 누군가 들어주는 이 없어도 묵묵히 씨앗을 뿌리듯 노래하고 또 노래한다. 그러면 먼 길을 달려온 노래는 언젠가 알 수 없는 누군가의 마음에 닿아 어둔 밤의 별빛처럼 반짝일 것이다.

고양이와 에르메스

냉정히 보건대 나는 무엇보다도, 그 누구보다도 고양이가 필요한 사람이라고, 퇴근길에 산 비죽비죽하고 못생긴 선인장을 안고 오느라 혼잡한 지하철 안에서 진땀을 흘리던 나는 생각했다.

너무 가까이하면 내가 가시에 찔리고, 멀찍이 잡으면 다른 승객이 찔릴 수도 있는 이 날카로운 식물과 함께 출입문 가까이에 엉거주춤 서 있던 중이었다. 최악의 환승역 헤퓌블릭역에 이르자 열차 안으로 사람들이 밀려 들어왔고, 그렇다고 '가까이 오지 마세요, 여기 선인장이 있어요!'라고 외치기엔 아무래도 우스웠다. 나의 동거 식물은 테러리스트의 폭약도 아니고 유모차 안의 아기도 아닌 한낱 선인장일 뿐이었으니까. 그래도 아무것도 모르는 타인이 메트로 안에서 낯선 선인장에 찔리는 것보다는 내 선인장에 내가 조금 다치는 게 낫지 싶어 좀더 가까이 끌어당기니까 이 무자비한 식물은 어김없이 따끔따끔 내 손을 찌른다. 불과 15분 전에 나는 이 못생긴 화분이 마음에 들어서 두 번 고민도 하지 않고 흥정도 없이 기쁘게 들고 왔건만, 첫눈에 반한 나의 마음이 무색하도록 이 식물은 나에게 이토록 상처를 주고 있는 것이다.

애정이 있어도 가까이 갈 수 없고 마음껏 안아주며 체온을 나눌 수 없는 생명체를 나는 왜 이렇게까지 곁에 두려고 하는 것일까. 다시 생각해보면 아무래도 내게는 품을 파고드는 작고 따스한 생명체가, 말 없고 움직이지 않는 이 화분들보다 적극적으로 함께 살아 있음을 느끼게 해주는 존재가 있어야 하는데 말이다. 사람이라면 지쳤지만 그래도 혼자는 외롭다면 정답은 사실 더 생각할 것도 없이 고양이밖에는 없는 것이다. 그런데도 왜 고양이를 키우지 않냐고, 게다가 파리에서, 모두가 다 키우는 고양이를 왜 키우지 않는 거냐고 물어오면 나는 시원하게 대답하지 못한다. 그러게 나는 왜 고양이가 없을까, 혹은 나는 왜 아직도 내 고양이를 만나지 못했을까.

특별히 화분이나 금붕어를 키우지도 않았고 외로워하기에는 일상이 너무나 바빴던 나의 지인, 라데팡스La Défense에 사는 한국인 피아니스트 Y 언니는 간절히 원한 바가 아니었음에도 불구하고 우연한 계기에 아름다운 검은 고양이 한 마리를 만나게 되었다. 파리의 한인 교회에서 피아노 반주를 하는 Y 언니가 수요일 저녁 기도회 반주를 하러 갔더니, 한 교인이 길에서 주웠다며 이 새끼고양이를 데려왔다는 것이다. 본인은 키울 여건이 안 되지만 누군가 맡아주었으면 해서 기도회에 안고 온 검은 고양이는 그렇게 해서 Y 언니의 반려묘가 되었다.

피아니스트의 집에 살게 된 아기 고양이는 장난스럽게 피아노 건반 위를 걸어다녔고 무릎 위에 올라앉아 애교를 부리며 무럭무럭 자랐다. 그리고 고양이가 생긴 후로 Y 언니는 쉬는 날이면 집에서 좀처럼 나오지도 않았고 밖에서 저녁 늦게 만나는 날엔 혼자 집을 보고 있는 고양이를 핑계로 빨리 집에 들어가려고 했다. 어쩌다 음악원 복도에서 만나 커피를 한 잔 하게 될 때면 언니는 어김없이 고양이 사진을 보여주고 고양이가 얼마나 컸는지, 얼마나 사람을 잘 따르는지 이야기하며 그 순간만큼은 누구보다 즐거워했다.

가만 보니 여기 사람들은 어느 순간부터는 결국 자기 고양이를 만나게 된다. 파리 사람들이라면 고양이가 있는 사람과 고양이가 아직은 없는 사람으로 크게 나눠야 할 정도이다. 그러나 나는 아직까지도 내 고양이가 없다. 언젠가 내 고양이가 찾아온다면 어떨까 상상하면서 아직 만난 적도 없는 가상의 고양이를 벌써 귀여워하고 있는데도 말이다. 그런데 한편으론 이 가상의 고양이가 내 집에 와서 천방지축으로 장난을 치다 무자비한 선인장 가시에 찔리면 어쩌나, 아니면 창가에 가지런히 세워 둔 내 사랑하는 화분들을 넘어뜨리면 어쩌나 하는 상상을 하다가 아찔함에 그만 고개를 젓기도 한다. 그리고 나로선 적어도 지금은 고양이를 맞이할 때가 아니라는 생각이 들면서 또다시 시무룩해진다. 고양이가 필요하면서도 아직까지는 고양이를 만날 자세가 준비되지 않은 것이다.

게다가 모두가 알다시피 고양이의 사랑스러움은 이루 다 말할 수 없는 것이기에, 고양이를 갖게 된다면 나는 심지어 다시는 고독해지지 않을 것 같아서 걱정이 들 정도이다. 언제든 고독해질 수 있는 것은 때론 나의 커다란 힘이기도 하니까 말이다.

물론 장 그르니에 같은 이는 사랑스러운 고양이 물루와 함께 살면서도 고독 가운데에서만 쓸 수 있을 것 같은 깊은 사유의 글들을 남겼지만, 나는 그래서 더욱 그가 위대한 작가라고 생각한다. 그 따스하고 부드럽고 장난기 많은 생명이 주위를 맴돌며 놀아달라고 조르고 있는데도, 어떻게 그는 고양이를 뒤로하고 실존에 대한 사유를 그토록 묵묵히 풀어낼 수 있었을까. 만약 내 작은 아파트에서 홀로 적막한 가운데 앉아 창밖을 바라보며 그리운 이름들을 떠올려보려는 찰나에 한 따스하고 포근한 고양이가 품에 안겨든다면 나는 울어야 할지 웃어야 할지 몰라 사유에 젖은 고요한 밤을 포기하고 고양이와 뒹굴대다 마냥 행복하게 잠들게 될지도 모른다.

에르메스Hermès 가방을 찾는 사람들은 그것이 반드시 필요해서인가, 불필요하지만 그저 아름다워서인가. 고양이가 있어야만 하는 이유에 대해서라면 그것이 실없는 소리일망정 누구나 부담 없이 이야기할 수 있는 것에 비해, 명품 에르메스 가방의 필요성에 대해서는 쉽게 말을 꺼내기 어려운 부분이 있다. 명품 가방이라면 언뜻, 필요보다는 허영과 과시욕을 채우기 위한 사치품이란 인식이 앞서기 때문일 것이다.

그러나 인간에게 고가의 명품 가죽 가방이 '필요한가' 묻는다면 나는 솔직하게 어떤 면에서는 그럴 수도 있다고 말하는 편이다. 왜냐하면 품 안에 파고드는 고양이만큼이나 마음을 흐뭇하게 만드는 아름답고 견고하고 값비싼 손가방이라면, 어떤 사람에게는 반드시 소유해야만 하는 대체 불가의 물건일 수도 있기 때문이다.

실제로 어떤 여자들의 인생은 단 하나의 에르메스 가방으로는 부족해 여러 개의, 갖가지 빛깔의 크고 작은 에르메스를 가져야만 그 가련한 마음이 위로받기도 한다. 병이 깊을수록 치료비도 덩달아 비싸지는 법, 어쩌면 그래서 누군가의 마음을 치유하는 명약으로서의 에르메스 가방의 값은 그토록 높아야만 하는 것일지도 모른다.

들고 다닐 가방이 필요해서가 아니라 오로지 가방을 더 갖기 위해서 가져야만 하는, 이토록 마음이 가난한 이웃도 있음을 우연히 알게 된 후로, 아직은 단 하나의 에르메스도 필요로 한 적 없는 나는 잠들기 전에 그들을 위해 하늘에 기도를 올리기도 한다.

주여, 그들이 에르메스를 하나씩 더 늘리려 할 때마다 부디 불쌍히 여기시고 새 가방과 함께 자비를 베푸소서. 마음이 가난한 자는 복이 있나니, 에르메스가 저희 것임이요.

만약에 그날 오후, 마들렌성당 앞 카페에서 그 여자를 만나지 않았다면 이 같은 생각을 해본 적 없을지도 모른다. "만나서 설명해드릴게요." 했던, 고양이를 닮은 예쁜 한국 여자였다.

그 여자는 재불 한인들이 이용하는 인터넷 커뮤니티 사이트에서 알게 되었다. 주로 벼룩시장을 이용하기 위해 들어가보는 곳, 귀국을 하는 유학생들이 짐을 줄이려고 헌 옷과 중고 가구 같은 것들을 내다 파는 사이트이다. 그중에서도 나는 '한국 책 판매' 게시글이 올라오면 장르를 가리지 않고 모조리 사들이는 편이다. 그렇게 해서 한국어 책을 구하고 독서 모임 멤버도 모으고, 일 년에 한 차례 정도는 더 이상 읽지 않는 소설책들을 모아서 되팔기도 하는 식으로 오랫동안 그 사이트를 이용해왔다. 거기에는 가끔 중고품 벼룩시장뿐만 아니라 한식당 직원이나 통번역 아르바이트를 구하는 글도 심심찮게 올라오는데, 평소 같으면 한인 업체의 구인 게시물에 그다지 관심이 없었지만 그날따라 호기심을 불러일으키는 제목의 글이 있기에 클릭을 해본 것이다.

쇼핑 도움 주실 분 구해요.

가게에 가서 물건을 사는 데 무슨 도움이 필요하다는 것일까. 물정에 다소 어둡고 상당히 순진한 편이던 나 같은 유학생으로선 즉시 이해가 가는 문장은 아니었다. 몸이 불편해서 혼자서는 물건을 사러 갈 수 없는 사람인가? 큰 짐을 들어달라는 것인가? 백화점 같은 데서 불어로 통역해줄 사람을 찾는 건가? 그러곤 머

럿속으로 떠올린다는 게 고작 '이 신발 38 사이즈 있나요?', '신용
카드 결제됩니까?' 같은 쇼핑할 때 쓰는 흔한 말들을 통역해주
는 장면이었다. 용모 단정한 여자를 찾는다는 조건이 조금 알쏭
달쏭하긴 했지만, 그래봐야 쇼핑 동행일 뿐이고 거기다 꽤 괜찮
은 금액의 사례비까지 제시하고 있으니 솔직히 관심이 가지 않
을 수 없었다. 가난한 유학생이었지만 깨끗한 셔츠를 잘 다려 입
고 용모야 늘 단정한 편이었던 나는 어쩌면 소소하게 용돈벌이를
해볼 수도 있겠다는 생각이 들었던 것이다. 게다가 글쓴이는 도
움을 구한다 했으니, 남을 돕는 일이란 것은 어쨌든 선한 일 아닌
가, 하는 순진한 마음으로.

'안녕하세요? 사람 찾는 글 보고 연락 드려요. 그런데 어떤 일인
지 알 수 있을까요?'
'만나서 설명해드릴게요.'

다음 날 오후 마들렌성당 앞 카페에서 만난 한국 여자는 어떤
사정으로 쇼핑할 때 남의 도움이 필요하다는 건지 의아할 정도
로 건강하고 젊은 사람이었고, 맵시 있는 차림새에 보기 드문 미
인이기까지 했다. 언뜻 봐도 고급스러워 보이는 청록색 스커트에
화려한 꽃무늬 자수로 장식된 훌륭한 원단의 블라우스를 입은

세련된 그녀가 "설명해드릴게요." 하고 말을 시작했다.

"아직 성공하지 못했어요. 매일 가서 줄을 서 있다가 매장 안에 들어가서 그 가방을 보여달라고 해요. 대부분 없다고 하고 보여주지도 않지만 실망하지 않고 다음 날 다시 가요. 그러다 보면 언젠가는 그 가방을 꺼내주지요. 그렇게 해서 그 가방을 사는 거예요. 운이 좋으면 한 번에 가서 살 수도 있고, 며칠이나 걸릴 수도 있지만, 중요한 건 매일 가서 물건을 보여달라고 하는 거예요. 그 직원들도 사람인지라 매일 오는 사람의 정성과 간절함을 알아주거든요. 저는 매일 가서 줄을 서는데, 저를 도와서 여러 명이 줄을 서고 셀러를 만나면 구매 확률이 더 높아지니까 몇 사람을 더 구하는 중이에요. 구매에 실패하더라도 수고비는 넉넉히 드릴게요."

더 들어본즉, 그녀가 사려고 하는 가방은 그녀 자신의 것이 아니라 한국에 사는 다른 여자들의 것이었다. 이미 그 가방을 여러 번 산 적이 있는 그녀들은 다른 색깔로 여러 개를 더 구하고 싶어 했고, 그러나 한 사람에게 일 년에 두 개 이상의 같은 가방은 판매하지 않는다는 에르메스사의 독특한 방침 때문에 어쩔 수 없이 다른 사람을 보내 가방을 구하는 것이라 했다. 그러나 또 그

에르메스라는 곳은 그 귀한 가방을 아무에게나 함부로 보여주지도 않는 곳이라서 여권을 들고 가서 구매력을 확인해야 하며, 또한 고객이 될 만한 충분한 조건이 되는지를 보고 나서야 겨우 물건을 보여준다는 것이다. 이 여자는 이토록 까다로운 가방을 대신 구해주는 조건으로 수고비를 받고 파리에 온 것이었다.

아무에게나 팔 수 없다는 그런 가방을 여태껏 나는 구경은커녕 들어본 적도 없었기에 그녀의 이야기는 상당히 흥미로웠다. 가방을 사다 주는 일을 하느라 비행기를 타고 서울과 파리를 몇 번이나 오간다는 여자. 그녀는 자신이 지금껏 몇 차례나 성공했는지를 자신 있게 내세우며 구매 노하우를 공유할 수도 있다고 말했다.

"다른 보통의 아르바이트에 비해 쉽고, 무엇보다도 고급스러운 장소에서 좋은 대접을 받으면서 일한다는 게 이 일의 장점이에요. 식당이나 카페에서 서빙하는 아르바이트만 해도, 일하는 환경은 험한데 게다가 손님들이 무시하고 함부로 대하기도 하잖아요. 그렇지만 이 일은, 어쨌든 럭셔리 브랜드의 고객이니까 깍듯이 대접해준다는 게 할 만한 거지요."

그런 게 정말 그렇게 좋을까, 싶었지만.

"그런데 왜 그 가방을 그렇게까지 사려고들 해요?"

"그거야, 아무에게나 파는 가방이 아니니까요."

팔지 않으려 할수록 간절히 사고 싶어지는 심리는 무엇이며, 대체 어떤 사람들이 가방 하나를 사기 위해 대신 줄서기 아르바이트까지 고용하는 것일까 생각해보니 문득, 내가 인터넷 벼룩시장에서 한국 책을 사들이는 것과 어쩌면 비슷한 마음일 수도 있겠구나 싶었다. 여기 파리에는 한국 서점이 없어서 읽고 싶은 한국 책이 있으면 가족과 친구들에게 소포로 보내달라고 어렵사리 부탁해야만 했기에, 어느 순간부터 나는 인터넷 벼룩시장에 한국 책 판매 게시물이 올라오면 당장 필요치 않더라도 닥치는 대로 사두어야만 했던 것이다.

가방이 충분히 있으면서 더 많은 가방을 모으는 여자들의 마음을 내가 다 안다고 할 수는 없겠지만, 이해할 수 없는 타인을 자기 잣대로 비판하기 이전에 내 마음과 행동을 먼저 돌아보면 타인의 모든 것도 그저 그러려니 하게 되는 법이다. 나로서는 명품 가방을 사기 위해 줄을 서본 적은 없지만 매일같이 인터넷 벼룩시장을 들어가보며 다 읽지도 못할 중고 책들을 사고 또 사서 내 방 한쪽에 줄을 세워둔 적은 많다. 그러니 나도 누군가에게는 이해 못할 사람일 수도 있다. 피아니스트면서 평생 읽지 않을 수도 있는 물리학 개론서를 사고, 집에서 요리를 하지도 않으면서 밑반찬 만들기 요리책을 모으고, 이제는 한물간 연예인이 전성기였을 적에 출판한 성공 스토리 같은, 도무지 흥미롭지 않은 글들을 사다가 책꽂이에 쌓아두던 그 시절을 돌이켜본다. 그때 나는 왜 그랬을까. 그것은 사실 지독하게 외롭고 쓸쓸했기 때문이었다. 그래서 당장 다 읽을 수 없을지라도 책장에 그저 꽂혀 있으면서 나를 지그시 내려다보는, 내 나라 말로 쓰여진 글들이 필요했기 때문이었다. 언젠가 읽어주길 기다리는 책들을 가만히 바라보고 앉아 있으면 이중 어딘가에는 내 마음을 닮은 글도 있겠거니 싶어 안심이 되었던 것이다.

커피 두 잔을 놓고 마주 앉은 여자와 나는 더 이상 나눌 이야기가 없었다. 마침 내가 들고 나왔던 낡은 에코백이 그녀에게 내가 누구인지를 대신 말해줄 뿐이었다. 초록별 지구를 위하여, 류의 표어가 인쇄된 5유로가 채 안 되는 재생 천가방. 그 안에는 낡은 피아노 악보와 헝클어진 오선지, 수첩과 깎아 쓰는 연필, 핸드크림과 엊그제 중고로 산 소설책 같은 게 들어 있었다. 이 정도 소지품을 위해 더 이상 비싼 가방은 생각조차 해본 적 없는 게 나였다. 이런 차림으로, 이런 가방을 들고 에르메스에 들어가서 아무에게나 보여주지도 않는 그 귀한 가방을 사러 왔다고 말하기가 스스로 생각해도 쑥스럽게 느껴져, 나로서는 그 일이 잘 맞지 않을 것 같다고 말하고 그만 일어서야 했다.

벌써 몇 년이 지났지만 한 번씩 그 일이 떠오를 때가 있다. 그녀는 아직도 남의 가방을 사기 위해 파리에 와서 줄서기 아르바이트를 구할까. 여전히 마들렌성당 앞에서 사람들을 만나 '설명해드릴게요.' 하고 말문을 열까. 얼마나 많은 사람들이 그녀를 도와 그 줄서기에 동참해주고 있을까. 그녀는 여전히 에르메스 본점 직원들에게 깍듯한 대접을 받는 것을 일의 보람으로 느낄까.

나는 종종 그녀가 매장에서 고객 대접을 받아 기분이 좋다고 한 말을 되짚어 생각해보기도 한다. 나는 가방을 사다 주는 대신 한 가게의 점원이 되어 사람들에게 친절과 편의를 파는 일을 하고 있는데, 아무리 생각해도 나로서는 남의 가방을 사다 주면서 잠시 공주 같은 대접을 받는 것보단 그저 드나드는 모든 사람들에게 차별 없이 웃어주며 큰 소리로 좋은 하루 되세요, 를 빌어주는 점원이 된 것이 더 기분이 좋다. 그저 각자에게 맞는 옷이 있는 것이다.

어쨌거나 가끔씩 나는 그녀가 어디서든 잘 지냈으면 하는 마음이 든다. 그리고 우연히라도 우리 가게에 모자를 사러 온다면 그 누구에게보다 친절하게 대해주고 싶다. 그녀는 그런 것을 좋아한다고 했으니까.

또 언젠가는 그녀가 남의 가방이 아니라 자신의 에르메스를 사러 파리에 오는 날도 왔으면 좋겠다. 그러고 보면 내가 언젠가는 나만의 고양이를 갖고 싶어 하는 것처럼, 그녀도 언젠가 갖게 될 자신만의 에르메스를 꿈꾸고 있는지 모른다. 그러고 보면 그녀나 나나 크게 다른 사람도 아닌 것 같다. 그러니까 참 예뻤던 그 아가씨가 귀한 가방을 들고 해맑게 웃고 있는 모습을 상상하면 나도 왠지 기분이 좋은 것이다.

언젠가 그녀가 자신의 가방을 사는 날엔, 파리 에르메스의 직원들도 그녀에게만큼은 까다롭게 굴지 말고 그저 친절한 미소로 순순히 가방을 내어주었으면 좋겠다. 그녀는 그런 것을 좋아한다고 했으니까.

'여기, 이 가방은 고객님을 위한 것입니다.'라는 말을 들을 때 그녀는 얼마나 예쁘게 웃을까.

이런 생각을 하다 보니 아, 정말이지 나는 그녀가 언젠가는 꼭 자신만의 에르메스를 가졌으면 좋겠다.

자연스러운 인간이 되기

아이들에게 피아노를 가르치면서 가장 당혹스러운 순간은 아이가 누구도 가르쳐주지 않은 이상한 습관을 저 혼자 만들어 올 때이다. 악보에도 없을뿐더러 음악적이지도 자연스럽지도 않은, 그야말로 출처를 알 수 없어 '이상한 표현'들이 혼자 연습하는 시간 가운데 저절로 생겨난 것이다. 그러면 나는 잡초를 뽑아내듯 그런 것들을 없애려 애쓰는데, 그럴 때 거부감을 드러내고 반항하는 아이들일수록 자존심이 세다는 생각이 든다.

예를 들면 레가토Legato(음과 음 사이를 끊어지지 않게)에 대한 것, 대부분의 아이들은 레가토를 잘 이해하지 못한다. 레가토 기법은 물론 프로 연주자들에게도 쉬운 이야기는 아니다. 그런데 아이들의 경우에는, 악보에 분명히 레가토라고 적혀 있음에도 불구하고 레가토로 연주해야 한다는 의식조차 갖고 있지 않을 때가 있어 문제이다. 왜냐하면 음들이 서로 똑똑 끊어지는 것도 그 나름대로 재미있기 때문이다. 그러나 그것은 단지 손을 움직이는 데서 오는 원초적 재미일 뿐, 실은 그 자신도 자기가 만드는 이상한 소리를 그다지 즐겨 듣고 있지는 않다는 것이 음악의 관점에서 보았을 때의 불편한 진실이다. 음악은 어디까지나 귀로 들려져야 하는 것인데, 아이들은 귀를 닫고 손가락만 움직이는 것을 더 좋아할 때가 있다. 그럴 때에 귀를 열고 자기의 소리를 듣도록 유도하기까지는 많은 인내와 열정이 필요하다.

또 스타카토Staccato(음을 하나하나 짧게 끊어서 연주)가 연달아 있을 때 첫 박에 쓸데없이 악센트를 넣는 것은 아이들이 공통적으로 만들어오는 이상한 버릇이다. 가만히 보면 그것은 연습 시간이 지루해서 자기 멋대로 흥을 돋울 수 있을 만한 게임을 만들어낸 것 같기도 하다. 뿐만 아니라 오른손이 레가토, 왼손이 스타카토로 분명히 표기된 경우에는 양손을 다 스타카토로 쳐버리기도 하고, 음계를 연주할 때는 모든 손가락에서 일정하고 고른 소리가 나게 하라고 일러주어도 둔탁하게 떨어지는 엄지와 희미하게 미끄러지는 약지의 소리를 여지없이 드러내어 무너지기 직전의 젠가 블록들처럼 들쭉날쭉한 소리의 탑을 쌓는 것이 말 안 듣는 아이들이다.

그런 쓸데없는 습관들을 도려내는 지난한 수술에 앞서, 나는 일말의 연민을 품고 그 얼굴을 살피곤 한다. 그러면 이 어린것들은 모처럼만의 자의적 해석이 선생에 의해 거절당한 것이 못마땅해 입을 비죽 내밀거나 볼이 벌겋게 달아오르거나 하는데, 그럼에도 불구하고 오류를 깨끗이 인정하며 다시 해볼게요, 하는 아이들은 정말 희망 그 자체이다. 그제야 나는 사람이 자연스러움을 배우는 아름다운 과정을 목도하게 된다.

있는 모습 그대로의 인간이 언제나 더 자연스럽고 아름답다는 주장은 근거 없는 말이다. 결국은 또 아름다움이란 무엇인가의 문제로 귀결되긴 하겠지만, 사실 그냥 두었기에 저절로 무성해진 숲과 아무도 심지도 가꾸지도 않은 들꽃들은 저리도 아름다운데, 왜 배우고 훈련되지 않은 인간은 자기 욕심과 과잉된 자의식을 보이며 아름다움과 멀어져가는 것인지 회의에 들 정도로, 가꾸지 않은 인간의 자연 상태란 더없이 황폐할 때가 있다. 사람도 저 들판의 꽃처럼 그냥 두어도 향기롭고 아름다웠으면 하는데, 안타깝게도 그럴 수가 없어서 우리는 끝없이 배우고 가르치고 하면서 정제되지 않은 것과 순수하지 못한 것들, 자연스럽지 않은 표현, 과장된 움직임과 허영의 씨앗을 골라내주어야 한다. 특히 아이들을 가르치다 보면, 손대지 않고 저절로 되어지는 것이라고 다 자연스러운 것은 아니라는 생각이 확고해질 수밖에 없다. 사람은 그 자체가 자연의 일부임에도 불구하고, 자연이 무엇인지를 스승으로부터 배울 때에만이 자연스러워질 수 있다. 이 배움에서 스승은 언제나 대자연 그 자체이다.

가장 자연스러운 레가토는 자연이 가지고 있는 연속된 시간으로부터 배울 수 있다. 강물처럼 흘러가는 시간, 미처 느낄 찰나도 없이 지나가는 과거와 다가오는 기색도 없이 어느새 당도해 있는 미래로부터 레가토가 다시 생각되어져야 한다. 그리고 바람에 일렁이는 물결처럼 편안하고 익숙한 움직임을 위해서는 자연이 갖고 있는 변함없는 성질, 그 성실한 본성을 배우기 위해 끝없이 반복되는 연습을 견디는 마음의 자세가 필요한 것이다.

한번은 무척 영특하고 성실한 열한 살짜리 프랑스 아이를 만난 적이 있다. 초견, 테크닉, 악상 모든 면에서 무난히 좋은 연주를 해내는 학생이었다. 그런데 문제는 한 곡이 끝나면 이 아이는 귀찮은 숙제를 해치운 듯 급히 손을 떼고 즉시 산만해진다는 것이었다. 그리고 음악에서 황급히 도망치듯 빠져나와서 '다 쳤어요.'라든가 '한 번도 안 틀렸죠?' 같은 쓸데없는 말을 덧붙이는데, 나는 그것을 정말 견딜 수 없었다. 그래서 하루는 아이에게 물어

보았다. 너에게 음악은 무엇이냐고. 그러자 아이가 뜻밖의 마음을 쏟아냈다. 피아노는 해야 하는 일과 중 하나일 뿐, 학교에 다녀오면 수학 숙제도 많은데 피아노 숙제까지 해야만 하는 것이 괴롭다는 대답이었다. 예술은 이 아이의 삶을 풍요롭게 만들기는커녕, 오려 숨을 쉴 수 없도록 만드는 부담이 되고 있었다.

음악을 즐길 수 없는 사람에게는 연습을 강요하는 것이 무의미하다. 아이들은 우선 음악을 즐기는 법을 배워야만 한다. 그러나 잠시 흥미를 끌기 위해 진도를 낮춰 일부러 쉬운 곡을 쳐보게 한다든가 심심풀이로 유행가나 만화영화 주제곡 같은 것을 쳐보게 하는 임시방편들은 내가 별로 선호하지 않는다. 이미 음악의 즐거움을 아는 학생들에게는 이런 방식이 좋을 수도 있지만, 스스로의 연주조차 즐길 여유가 없는 학생에게는 새로운 자극마저도 스트레스가 될 수 있기 때문이다. 그래서 나는 이 아이가 가장 자신 있게 연주할 수 있는 곡을 아주 천천히 쳐보라고 하고, 대신 건반의 울림이 지속되는 동안 집중의 끈을 놓지 말고 마지막 울림이 사라지는 순간까지 연주 안에 머물러 있어보라고 말해주었다.

"음악은 시간에 기록하는 그림이야. 우리가 스케치북에 그림을 그리면 언제든지 다시 펼쳐서 지나간 그림들을 볼 수 있지만,

시간에 그린 그림은 그 순간이 지나가버리면 다시는 찾을 수 없어. 우리가 지금 연주하는 이 음악은 다시는 돌아올 수 없는 시간과 함께 그렇게 사라져 가버리는 것이야. 그래서 미처 사라지기 전에 마지막 음을 사려 깊게 들어주는 것이 아주 중요해."

아이는 곰곰이 생각하다가 어렵다고 말했다. 나는 다 이해하지 못해도 괜찮다고, 그저 지나가는 것에 대한 서글픈 마음을 가져보고, 또 몸의 감각을 조금 열어보려는 시도를 해보는 것만 해도 굉장히 달라질 것이라고 말해주었다. 다행히 이 아이는 이후로 피아노에 흥미가 조금 더 생긴 것 같다. 자기가 연주해보았던 소곡들을 스스로 분석하면서 바흐의 우아함과 클레멘티의 사랑스러움, 쇼팽의 우울을 찾아내기에 이르렀으니 말이다.

때로는 홀로 연습할 때 스스로를 어린아이 대하듯 타이를 때가 있다. 내가 가장 어린아이 같은 순간은 음악이 어떻게 만들어지고 있는지에 관계없이 그저 오늘 몇 시간째 연습인지, 아니 심하게는 이 곡을 몇 번째 쳐보는 것인지 같은 본질에서 먼 것을 헤아리고 있을 때이다. 본질에서 멀어진 것이 문제가 되는 이유는 그것은 어떤 경우에도 자연스럽지 않기 때문이다. 바람이 어디 '하나 둘 셋' 세면서 불어가던가, 빗방울이 정량을 재어가며 떨어지던가. 어떤 선생들은 아이들에게 억지로 피아노 연습을 시키면서 미리 그려놓은 동그라미에 색칠을 하게 하는 방법을 쓴다. 피아노를 한 번 칠 때마다 하나씩 색칠을 하라고 하면 아이들은 어느새 소리는 잊어버리고 오색 빛깔로 알록달록하게 칠해지고 있는 눈앞의 동그라미에만 현혹되기 일쑤이다. 이것이 정녕 열세 살 소녀의 피아노 연습 시간인가 다섯 살배기 유치원생의 색칠 공부 시간인가 모를 정도의 퇴행. 마치 딴생각을 하면서도 달릴 수 있는 러닝머신 운동처럼, 음악에 집중할 수 없을 땐 동그라미 색칠하는 재미로라도 제발 손가락을 굴리라는 것이 애타는 피아노 선생의 방침일 테다. 물론 그 노고야 백번 이해하고도 남는다. 그리고 그렇게라도 연습을 하는 것이 손을 마냥 놀리는 것보다야 분명 낫긴 하다. 그러나 결코 자연스럽고 성숙한 방식의 음악이라곤 할 수 없다. 음악이 어디 동그라미 개수로 세어볼 수 있는 형태의 것이던가. 애초에 눈에 보이지 않는 것을 보이는 방식으로 바꾸어 얄팍하게 계산하게 만든 것 자체가 억지스러운 것이다. 그런데 가끔은 나조차도 어린아이처럼, 눈에 보이지 않는 것의 가치를 보이는 표와 보고서 같은 것으로 억지로 꾸며 스스로에게 위안을 주려고 애쓸 때가 있다. 그래서 스케줄 노트에 오늘 몇 시간 연습을 했는지, 이번 주에 얼마나 많은 아티스트를 만나 회의했는지, 어떤 가시적인 성과가 있었는지 따위를 자꾸만 적어놓는 것이다. 그것이 얼마나 본질에서 먼 것인지를 생각해보면 스스로도 얼굴이 빨개질 정도이다.

그러니 생텍쥐페리가 어린 왕자를 통해 자주 이야기했던 '중요한 것은 눈에 보이지 않는다L'essentiel est invisible pour les yeux.'라는 말은 본질에 대한 굉장한 진리이다. 그리고 그 중요한 이야기를 성숙한 어른이 아닌 아직 '어린' 왕자가 했다는 것이 놀라울 뿐이다. 본질을 볼 줄 알았던 어린 왕자는 어리긴 해도 유치하진 않았던 것 같다. 많은 경우에 어린아이가 유치해지는 이유는 본질과 비非본질을 굳이 구분하지 않기 때문이다.

아이에게 더 중요한 것은 본질보다는 순간의 감정이다. 무엇인가를 하고 싶은 기분, 또는 아무것도 하고 싶지 않은 기분 같은 것들이 엉성하게 얽히고설키어 언제라도 부서지기 쉬운, 허약한 '어린이의 세계'를 만들어간다. 성인인 나에게도 이따금씩 어린이의 세계로 들어가게 되는 순간이 있는데, 그 연약한 세계에서는 무엇인가 하고 싶은 욕구가 강할 때에는 오직 그것에만 무한대로 집중할 수 있지만 아무것도 하고 싶지 않을 때에는 바닥에 드러누워 숨만 쉬는 것도 벅차다.

이것은 우리가 자주 미화하는 동심에 관한 이야기일 수도 있다. 물론 음악가가 즉흥 연주를 하거나 작곡을 할 때 가장 중요하게 여기는 원리는 아이처럼 단순하게 소리를 발견하고, 받아들이고, 두려움도 편견도 없이 탐험하는 마음이다. 그러나 이 동심은 때론 자기 합리화와 변명에 능하며, 지나치게 애정을 갈구하고, 순간에만 몰입할 뿐 그 이후의 일들에 대해서는 책임을 지려하지 않는다. 그러므로 성인으로서 나는 한 번씩 스스로를 다그친다.

오냐. 어리광은 이제 그만. 일어나 일하고 세금을 내고 가난한 이웃과 연대하자. 관리비를 내고 쓰레기를 갖다 버리고 레슨 스케줄을 잡고 병원에서 준 비타민 D와 마그네슘을 먹고. 이제는 피아노에 앉아 메이저 스케일을 쳐보자. 네가 어른이라면 바흐의 골든베르그 변주곡을 연주해라. 그리고 어른이라면 침대 시트를 걷어내어 세탁해라.

그러면서 나는 자연과 같이 성숙하게 사는 법을 연습한다. 무엇이 인간을 인간답게 하는가? 결국은, 적당한 노동이다. 성실한 연습만이 자연스러운 소리를 만드는 것처럼, 인간은 어느 정도 노동할 때야 비로소 자연과 같이 아름다워진다.

은진 에밀리

"이제 에밀리라고 불러주셨으면 좋겠습니다."

나의 이 말 한마디가 불러온 파장은 예상을 뛰어넘었다. 나는 그저 대수롭지 않게 나의 프랑스식 이름을 소개했을 뿐이었지만, 2년 가까이 나의 어려운 한국 이름을 불러왔던 프랑스 교수님과 친구들은 모두 눈이 휘둥그레져서 되물었다. 대체 무슨 일이냐고.

나는 최대한 차분하게, 별일 아니라는 듯 설명을 했다.

"사실 내 한국 이름 '은진'은 '유진'과 다르고(상당수의 프랑스인들은 내 이름을 '유진'으로 알고 그렇게 발음했다.), 사실 '유진'이라는 이름이 실제로 한국에 있긴 한데 완전히 다른 이름입니다. 프랑스에는 'Eun'을 발음할 수 있는 방법이 없으니 어쩔 수 없이 '유진'으로밖에 발음이 되지 않는다는 것은 이해합니다만, 그렇게 불리울 때마다 솔직히 저를 부르는 거 같지는 않을 때가 많아요. 그밖에 '의진', '웅진', '은쿼', '윤진', '웅진', 또는 '의쟝' 모두 다 정확한 발음은 아닙니다. 가장 고역인 것은 사실 스타벅스에서 커피를 살 때인데(스타벅스에서는 커피가 나올 때 고객 이름을 불러준다), 지금까지 어떤 스타벅스에서도 '은진'을 제대로 받아 적거나 발음해준 적이 없습니다. 그래서 어느 날 저는 '에밀리'라는 쉬운 이름을 하나 더 갖기로 한 것입니다. 프랑스에선 제 이름을 제대로 발음하는 사람이 하나도 없는데도 굳이 한국 이름을 갖고 있는 게 무슨 의미가 있나 싶어서요. 게다가 가끔 어떤 사람들은 제 이름을 부르기가 까다롭거나 기억하기 어려워서 저에게 말 걸기조차 망설인다는 것을 알게 되었습니다. 이름이야 뭐라고 부르든 그게 무슨 의미가 있겠어요? 저는 어떻게 불리든 상관없으니 다만 보다 많이 불리우고 여러 사람들에게 기억되는 사람이었으면 좋겠다는 거죠. 그래서 간단히 에밀리라고 해주시면 더 좋을 것 같아요."

그런데 이 사려 깊은 프랑스인들은 나의 발언 이후로 조심스러운 얼굴로 조용히 다가와서, "에밀리, 혹시, 그동안 나도 너를 잘못 불렀던 적 있니? 미안해, 나는 줄곧 '유진'인 줄로만 알았고, 모두가 다 그렇게 불러서 그런 줄로만 알았는데, 다시 한번 발음을 교정해준다면 내가 네 이름을 연습해보도록 할게." 하는 것이었다. 한두 명도 아니라 하루 사이에 네다섯 명의 사람들이었다. 나는 손사래를 치며 말했다. 절대로 네가 잘못한 것이 아니라고, 사실 프랑스인 중에 '은진'을 제대로 소리 내는 사람은 단연코 한 명도 없을 것이며, 그러니 내가 이름을 보다 쉬운 것으로 바꾸는 게 모두를 위해 더 합리적인 것이라 생각한 것뿐이라고 말했다. 그러나 그들의 생각은 달랐다. 모두의 편의를 위한다는 명목으로 한 사람의 정체성l'identité과 고유성l'originalité을 바꾸는 것은 절대로 옳지 않으므로, 가능하면 너의 고유성을 훼손하는 일이 없도록 앞으론 우리 모두가 '은진'을 최대한 원래 발음에 가깝게 연습하겠다는 것이다.

그날 이후 한 주간 나는 학교에서 마주치는 사람들로부터 수도 없이 "내 발음은 어때? '응진', 이제 좀 나아졌어?" 같은 확인 질문을 받아야만 했다. 심지어 음악인을 위한 신체학 수업의 소피 플라세스 교수님은 한 시간 내내 스무 번도 넘게 내 이름을 불러가며 발음 교정에 애를 썼다. 물론 한 번도 제대로 된 발음을 한 적은 없었지만 말이다. 나는 결국은 누군가가 "유…우…으…윈진?" 하면서 다가올 때마다 웃음을 터뜨리며, "애쓰지 않아도 괜찮아, 정말 고마워, 그렇지만 나는 진짜로 에밀리가 좋아. 에밀리라고 불러주는 걸 정말 좋아해."라고 말하게 되었다. 은진 에밀리, 사랑스러운 이름이고 또한 사랑스러운 프랑스인들을 위한 나의 이름이다.

피아노가 되는 꿈

"너는 자라서 무엇이 될래?"

물어보는 어른들로부터, 일곱 살에 처음으로 나는, 자라서 무엇인가가 되어야 한다는 것을 배웠다.

그게 무슨 말인지 잘 이해할 수 없어 다시 되물었다. '자라는 것'은 무엇이고, '되는 것'은 무엇이냐고. '자라남'이란 엄마 아빠와 같은 나이가 되는 것이고 '되는 것'은 먹고사는 직업이라 했다. 무엇을 하여 먹고사는 어른이 될 것이냐는 질문을 받은 일곱 살의 나는 어리둥절하여 마침 방바닥에 엎드려 그리고 있던 그림을 보여주었다. 엄마가 그림 그리고 놀라고 모아준 달력 이면지에 아빠의 서재에서 멋대로 가지고 나온 3색 볼펜과 사인펜, 언니의 12색 크레파스 세트로 이래저래 그려본 푸른 바다와 노을 그림이었다. 새파란 바다 위에는 흔들리는 고깃배를 그렸고, 수평선에는 주황색으로 지는 해를 걸어놓았다.

그림에는 아무 의도가 없었다. 처음에는 딱히 바다를 그려야겠다는 생각보다는, 어른들이 마루에 둥글게 모여 앉아 사과를 깎아놓고 커피를 마시며 이야기하는 동안 아무도 나와 놀아주지 않는 것에 심술이 나서 관심이나 끌어볼 생각으로 넓은 종이 가득히 힘찬 파랑을 칠했을 뿐이었다. 그러다 보니 문득 가족 여행에서 본 바닷가 풍경이 떠올라 모래도 그리고 고깃배도 그려본 것인데, 내가 진짜로 그려넣고 싶었던 희뿌연 파도와 물새 같은 것들은 그리기가 너무 어려웠고, 그날의 바닷물 색깔은 물론 파랑이긴 했어도 아빠의 3색 볼펜이나 12색 크레파스 세트에 있는 파랑만큼 선명하지는 않았다. 그러나 그나마 내가 가지고 있는 비슷한 색으로 그릴 수 있는 건 이 정도뿐이었으니 하는 수 없이 나의 기억을 수정하는 것으로 타협했던, 아쉬운 그림이었다.

"그래서, 너는 자라서 무엇이 될래?"

일곱 살의 나는 방바닥에 엎드린 채로 그림을 보여주었다.

"그림을 그리겠어요."

그러자 어른이 말했다.

"그렇다면 이다음에 화가가 되겠다는 것이로구나."

나는 그때 '자라나서 무엇인가 되는 일'은 어디까지나 아무도 알 수 없는 '이다음에 일어날 일'을 말하는 것이며, 이다음에는 그림을 그리는 일로도 먹고사는 엄마 아빠들이 있을 수 있다는 것을 배웠다.

그리고 또 생각하면 할수록 이상한 것은 먹고살기 위해서는 무엇인가가 꼭 되어야만 한다는 것이었다. 무엇이 되지 않고 그냥 이대로 먹고살면 안 되는 것인가. 밥 먹고 잠시 이 땅에 사는 것 정도는, 모든 인간에게 그저 주어지는 것이면 안 될까. 오늘도 아침밥 먹고 세수하고 이렇게 어엿이 살아 있는데, 왜 아무도 알 수 없는 '이다음에 자라서' 무슨 밥을 먹고 또 어찌 살지를 이야기해야 할까.

일곱 살에는 어른의 물음을 잘 알아듣지 못했지만 열세 살에는 스스로의 정체를 잘 알 수 없었다.

초경이 시작되던 날은 마침 운동회였다. 모래 운동장에서 하루 종일을 뛰고 구르다 집에 돌아와 목욕을 하려는데 속옷에 초콜릿 같은 것이 묻어 있었다. 생리가 무엇인지 몰랐던 나는 겁이 나서 아무에게도 말하지 못하고 방 안에 웅크리고 있었다. 나는 이렇게 자라서 팬티에 초콜릿을 흘리는 괴물이 되었구나. 어쩌면 나는 인간이 아니라 괴물이었던 것일까. 나는 이다음에 어떤 괴물이 될까. 이불 위에 엎드려 괴물이 된 미래를 그려보던 나는, 아무것도 모르고 바닥에 엎드려 달력 이면에 새파란 바다를 그렸던 일곱 살의 나와는 이미 저만치 다른 사람이 되어버린 것 같았다.

그 일이 있고 중학교에 다니던 언니가 『소라의 비밀』 같은 만화로 된 성교육 책 같은 것을 읽게 해주고 나서 나의 불안감은 어느 정도 잦아들긴 했지만, 미지근하게 아랫배가 아프고 허리가 뻐근하고 생리대에 땀이 차서 끈적이는 불쾌감을 느낄 때에는 여전히 괴물이 되어가고 있다는 느낌을 지울 수가 없었다.

그 무렵에 어떤 어른이 이따금씩 '이다음에 크면 무엇이 될 거냐' 물어오면 나는 철학자가 되겠다고 말했다. 철학이 무슨 말인지도 잘 모르고 철학자는 어떻게 밥을 먹고 사는지 몰랐으면서. 하긴 제 몸에서 일어나는 일이 무엇인지도 몰랐던 내가 뭔들 제대로 알았을까. 그저 책으로 읽은 『소피의 세계』는 너무나 흥미진진했고, 게다가 철학이라는 단어를 반복할 때의 그 발음은 더없이 세련되고 근사했으며, 묻는 이들에게 그렇게 말하면 선생님이나 간호사가 되련다고 대답하는 것보다 최소 몇 가지 질문을 더 받는 등 조금 더 관심을 끌 수 있었기 때문이었다.

화가도 괴물도 철학자도 되지 않고 그저 몸만 커진 일곱 살 아이 같던 나의 어느 날, 나는 베란다에 키우던 나무에 물을 주면서, 나무는 다 자라도 나무가 되고 심지어 죽어도 나무인 채로 남아 있다는 것을 배웠다. 고무나무는 고무나무가 될 뿐이고, 장미목은 장미목이 될 뿐이었다. 그들은 이다음에 자라서 밥 먹기 위해 무엇인가 다른 것으로 진화하지 않았다.

그리고 말레이시아의 보루네오섬에서 자란 어떤 큰 나무들은 여전히 나무인 채로 잘려져, 죽어서도 나무결을 그대로 가진 식탁과 의자가 되고, 그중 어떤 나무는 피아노가 되어 지금 나의 집에 놓여 있는 것이다. 피아노가 된 이 나무는 더 이상 자라지도 않고 먹고살지도 않지만 대신 이 나무로 만든 악기 앞에 앉은 나는, 이 피아노 덕에 오늘도 자라고, 먹고, 산다.

그러므로 지금은 다시 배운다. 인간은 이다음에 다른 무엇이 되어지는 것이 아니라 나무가 자라도 나무이듯, 더 자라도 그저 내가 될 뿐. 그리고 무엇을 먹고 어찌 살아가는지보다 중요한 것은 어쩌면, 나로 인해 어떤 타인이 먹고살 수 있을지 고민하는 것이다.